U0686133

# 我的中学时代

作者／纪 申 黄 裳 来新夏
文洁若 丰一吟 周海婴 等

主编／阿 滢

天 地 出 版 社 | TIANDI PRESS

**图书在版编目（CIP）数据**

我的中学时代/纪申 等著；阿滢主编.—成都：天地出版社，
2013.1（2019.12重印）
ISBN 978-7-5455-0814-7

Ⅰ.①我… Ⅱ.①纪… ②阿… Ⅲ.①散文集—中国—现代②散
文集—中国—当代 Ⅳ.①I266

中国版本图书馆CIP数据核字（2012）第293687号

wo de zhongxue shidai

# 我 的 中 学 时 代

纪申 黄裳 来新夏 文洁若 丰一吟 周海婴 等著；阿滢 主编

天 地 无 极 世 界 有 我

出品人　杨　政

| | |
|---|---|
| 策划组稿 | 吴晓春 |
| 责任编辑 | 吴晓春 |
| 封面设计 | 董晓丽 |
| 电脑制作 | 跨　克 |
| 责任印制 | 桑　蓉 |

出版发行　天地出版社
　　　　　（成都市槐树街2号　邮政编码：610014）
网　　址　http://www.tiandiph.com
电子邮箱　tianditg@163.com

| | |
|---|---|
| 印　　刷 | 山东省东营市新华印刷厂 |
| 版　　次 | 2013年1月第一版 |
| 印　　次 | 2019年12月第三次印刷 |
| 规　　格 | 146mm×210mm　1/32 |
| 印　　张 | 8.75 |
| 字　　数 | 168千 |
| 定　　价 | 32.00元 |
| 书　　号 | ISBN 978-7-5455-0814-7 |

**版权所有◆违者必究**

咨询电话：（028）87734639（总编室）

每个人的青春都曾闪光
每一个时代都值得珍藏

# 《我的中学时代》序

◆ 来新夏

中学时代是大多数青少年的必经之路。凡是经过这段路程的人，都感到这是人生历程中最珍贵而美好的一段时光，因为其间有许多人和事值得回忆和追念，但那又是自己尚未感觉到的青春萌动期，也会干些不尽如人意的事情。中学时代，特别是几十年前的中学时代，由于每个人所处时代和环境的不同而不断分流，寻求各自不同的走向。有的循序渐进平稳地走完自己的学程；有的经历社会潮流的冲刷，较早地觉醒，认识到个人的社会职责，不满现状而投身革命，分担家国的命运；有的家境艰难，辍学自谋生计，以承担和减轻家庭的负担；也有一些家道富足，席丰履厚的膏粱子弟，终日浑浑噩噩地混日子……看来，中学时代真是一个既隐隐约约显示着前途，又令人忐忐不安的时代。它无时无刻不牵动着父母和老师的心，然而中学时代的种种切切留在每个人心灵上的痕迹，却难以遗忘。

我是二十世纪三四十年代在天津求学的中学生。当我升入初中二年级时，日寇侵我国土，置国人于其铁蹄之下。为了苟安，全家迁居法租界。我进入一所私立中学，直读到高中毕业。这所学校的校长是上了日寇黑名单的抗日者，老师都是不甘心屈身于敌伪机构，具有爱国节操的知识分子。他们大都毕业于清华、燕京、辅仁、北师大等名校，学识渊博，善于诱导，其中好多人后来都成为大学的知名教授。他们辛勤浇灌，苦心培育，为我日后的进业奠定了良好的基础。我由衷地感谢他们！但少不更事的我也曾干过给他们起绰号、设圈套等恶作剧，现在想来，深感愧疚而默默祷念，祈求宽恕！

感谢阿滢，想到"我的中学时代"这样一个好题目。他把五六十岁、七八十岁，甚至已达望九之年的当年中学生三十多人，从现实生活中拉回到几十年前，让这些当年的中学生，把已模糊和淡忘的往事，重加挖掘和梳理。这不仅可以再一次涌动写作者的青春激情，而且这些几十年前的回忆，必然随之展现出那一时代的社会背景，让人们约略地看到那个时代的一大侧影。阿滢的良好愿望很快地得到响应，许多年龄不等的当年中学生，都从不同角度回忆起自己的中学生往事，并形诸文字。这些文章都真实足信，清新可读。阿滢编成之后，嘱我写序。我粗加阅读，见所收各文作者虽有识有不识，但都是对社会卓有贡献的成功人士。我惶恐不已，未敢妄作，而阿滢雅命难违，谨缀数语，聊作小引云尔。

二〇〇九年八月中旬
写于南开大学邃谷

# 目　录

纪申：

# 中学生活断忆

　　编者忽发奇思，来函要我写一篇回忆中学生活的短文，还说已收到某主编的应邀文稿。往事如烟，且到耄耋高龄，记忆力太差，七十多年前的往事真不知打哪儿说起。搜寻既往，有关学生时代生活尚能留存脑海里的，也只有初中时代的某些片段而已，姑妄记之，未识能中试否？这也是在下为文中的"命题作文"之首例，实以情谊难却耳。

　　生于成都一个封建大家庭的我，早在家宅的书房里读了好几年的孔孟之书，曾多次向母亲要求，直到十四岁时才蒙家长（大哥）允许，踏进了新式学堂，还指定从高小开始，不准越雷池一步，要循序而进。其实早在一年前我的一位表兄和堂兄就给我补习过数学和英语了。因之两年的小学学习可谓轻而易举，颇受老师们的嘉评，算得少数高才生中之一。考进的中学恰位于原读小学的斜对门，更是当时省城里极负盛名的"成·华·联"三个公立中学校之一，华阳县的初级中学校，简名"华中"。这三个中学中的教师是互通的，大同小异，全是当时教育界颇负名望的教员，都以所讲授的学科而闻名。例如专教数学中几何课的高凯，就绰号"高几何"，教三角的盛某某就叫"盛三角"。这位盛老师，白发满头，和蔼可亲，教学有方，甚得学生敬爱，还是华中的前任校长呢。要说教数学课的王伯宜更是名满省城教育界的闻人。王以讲授四则杂题著称，自有一套讲义，独具风格。讲学时在教室的讲台上是又比又说的，生动活泼。什么"归一算"、"龟鹤算"的，他总是把长长的黑板从头到末用粉笔写得满满的。这是他自编的"杂题"讲义。对学生要求严格，却不是声色俱厉的。发现下边（特别是教室后边的）学生有心不在焉或昏然欲睡的样儿，他会叫你去教室外透透气，活动一会儿再返回教室听课。王老师个儿不高，中等身材略显肥胖，脑袋长得特别的大，前后脑都十分凸出。传说，他愿死后将自己的头捐献给医学专家解剖研究。

话往回说，华中校长谭肇阅也是以教授几何课闻名的，学生却另给他取了个绰号叫"谭灯影"，因他长相而得名。谭身材瘦长，面庞狭窄，颈项直挺，从侧面望去颇像四川灯影戏布帷上的皮影，故以名之，丝毫不带恶意。三名校中，他主持的华中在管理上对学生较散漫放任一些，他这人虽说不上和蔼可亲，却从未见其声色俱厉之容。比之来我校讲授英文语法分析课的吴照华大大不同。

吴以管理严格著称，不单担任着成都县立高级中学校长，还受聘兼任私立树德高级中学校长。树德中学是四川一位军长孙德操出资创办的，在私立学校中最负盛名。

我考进华中的榜次并非名列前茅，而是二十名之后了。共收新生约六十名，由于种种原因，最后毕业班上仅存三十名左右。我的成绩也是慢步前进，逐渐受到校领导们看重的。记得一次谭校长亲自带我（作为学生代表）去国民党省党部的会议厅聆听来川的蒋介石在纪念周（星期一）上的讲话。蒋位于高高的三楼，往下俯视，我根本没能听懂他讲了些什么。

老实说，我也是个颇为调皮的学生，但不逾矩。回忆初进中学那年的新生班上，由于读高小时就学过两年的英语，加上对当时凡考入三所名校的新生，老师都以选授英文名著中的短文开教。独我华中这班新任的班主任兼教英语的老师，是位刚从大学毕业的品学兼优的新人，缺少教学经验，选用的教本极浅不说，又以新的注音法教学，学生们早习惯了以往的韦氏拼音，因而大感失望不耐，在下边私语声声，弄得教室乱哄哄的。老师戴着深度近视眼镜，讲课时又语音低平。在他背过身子写黑板时，我就搬着带有课桌的个人座椅东移西迁地游动着。一下子被他转过身来时发现了，立即罚我立起来照课本念读。殊不知短短的课文，我早已记清，随即流利地背诵了一大段，满室皆惊，他也就无法再责备我了。

给我留下最深印象的是，临近毕业的第五学期，教我班国文的老师姓罗，名字记不起来了。他的弟弟罗孔昭是受聘于三所名校的著名语文教员。罗老师教课时不用固定课本，大都从《经史百家杂钞》或《古文辞类纂》中选文讲授。除课文外，他另用自编的教材补教《说文解字》的"六书"之义，以及训诂学和文学史，黑板上常出现章炳麟曰、段玉裁注什么的。让我得以初步认识到中国文字的特点，字义的深奥，词句的古雅与华丽等，中国有着何等优秀的历史文化传统。遂而产生了热爱祖国，崇敬祖国文化之心。有的当时不一定全明白，年岁愈长，读的书愈多，社会经历愈增，对昔时所学的理解也就随之加深了。这一切全缘于那学期教语文课的罗老师所赐，真是受益匪浅，终身难忘！

纪申，一九一七年生。本名李济生。四川成都人。原是银行职员。一九四二年应巴金之邀入文化生活出版社。历任该社成都、桂林、重庆等处经理。退休后，一九九三年受聘上海市文史研究馆馆员。

黄 裳：

# 南开记忆

今年春天到天津，抽空到南开中学去了一次。新中国成立后我曾先后到这里访问过两次，第一次大约在一九五〇年，记得还遇到一位当年的老师，白发盈颠了，握手之余不禁感慨系之。这一次可是什么老人也没有遇到，旧有的建筑物有的还在，更多的则是几十年来新建的。古诗说，"所遇无故物，焉得不速老"，正是一点都不错。不过"故物"也不是一点都没有留下，于是我就尽量找寻尚存的旧迹，借以回溯六十年前的游踪。

范孙楼和中楼是在的，虽然历经了日军的炮火和大地震，一些都没有损坏，不能不说是一种奇迹。走进去转了一转，没有引起什么回忆，范孙楼是科学试验楼，大概是曾经在这里做过化学实验的吧。走出楼来，向左一看，一排小小的两间红房子仍然还在，一点儿都没有变样，只不过不知道现在是做什么用的了，当年这里是银行的代办处。每月收到家里寄来的生活费，交纳了伙食费以后，余款就都存在这里。

转过范孙楼一直走下去，过去的图书馆和我曾住过的宿舍都不见了。大概已经拆去。这图书馆给我留下的印象是好的，藏书不少，差不多的新文学出版物这里都是齐备的。每本书都用紫红色的硬纸板装了护封。鲁迅、周作人的早期著作我都是在这里看到的。记得有关南开中学禁止的"淫书"（《情书一束》等五种）就是从这里看来的。当时管理图书馆的老师竟没有发现并加以销毁，而任其流传，实在也不能不说是一种疏忽。

图书馆前面，是一个排球场。每天下课之后，就有些高年级的同学在这里比赛排球，我喜欢站在一边看，一看就是一两个小时。我觉得这是一种南开的特色，注重体育和课外活动。学生也没有被功课压得透不过气来，课余生活还是悠闲自由的。

我自己是喜欢足球的。有一个时期还组织了一个球队。在学校对门的春合商店里定做了球衣，定期到南楼边上的足球场上去练习。有时候一个人也去练，即使是极冷的冬天，也穿了短裤，面对围墙踢上小半日。球技并没有练好，身体却逐渐强健起来。

再往前走，就是那个小花园。右侧一排平房，也依旧是当年的旧模样。花园里种着四时花木，有专人管理，是课余读书的好去处。这里的菊花是有名的。九秋时节，就从花房里搬来许多名种，安置在园里。那座玻璃花房就在后面，秋天，里面摆满了菊花，分别安置在一层层的木格子上。据花匠说，张伯苓校长喜欢菊花，特别欣赏一种梨香菊。这花并不怎么好看，只是有一种淡淡的梨香，倒是真的。

花园右侧的一排平房，大约有九间，是教员宿舍。但这里住着的都是年资高的老师，刚从大学毕业的老师是没有份儿的。从初一到初三一直担任我的国文教师的是任镜涵，一位老先生，可能在清朝还有过什么功名，这一节我不清楚。学期开始，我们就都捧了一叠粉红纸面簇新的作文簿去请他题签，他就一一给我们题，还签了名并盖章，实在颇为风雅。但从他那里实在并没有学到什么，那讲义也一点都记不得了。到了高中，国文教员换了孟志孙，就大大不同了。教材首先就两样，《诗经》《楚辞》……次第讲授，当然是选本，并非全文。指定的参考书也别致，讲《楚辞》其实只讲了《九歌》，就指定要参考戴震的《屈原赋注》。他又不说明这已有了商务印书馆新印的小册子，于是我们就到处找这《屈原赋注》，总是找不到。不必说新书店，就是旧书铺里也没有。直等到同学周杲良从书包里取出了两本木刻精印本的时候，才知道这是他父亲周叔弢先生的家刻本。这书几十年来我一直注意搜寻，终得不到。还是前两年从叔弢先生那里讨得了一部。是这书，使我对木版书产生了兴趣，从此买起旧书来，虽然它只不过是五六十年前刻的，说不上古。

志孙先生好像又颇注意于"五四"以来兴起的"国

学"风，由于他的影响，有一个时期我也曾想做一个国学家，同时对胡适们所搞的一套产生了兴趣。胡适作的《红楼梦考证》和主编的《独立评论》都是我的课余读物。上海的刊物中出现了林语堂主编的《人间世》，站在这对立面的是鲁迅的杂文。那时候年轻，还不能了解这是三十年代文坛和政治舞台上两种势力分明、激烈的争斗，但想做国学家的愿望却终于消失了。志孙先生是本地人，说得一口天津话，他用慷慨激越的声腔大声朗诵孔尚任《桃花扇》"余韵"的神态至今还留在我的记忆里。他写一笔郑板桥体的"六分半书"，无论在黑板上和作文卷上都是如此。在考卷上他从来不批分数，只简单地写一个什么字，这是出于一句五言古诗中的字。要等同学考卷一起发下，才能弄清自己得的是诗句中的第几个字，知道这是甲乙还是丙丁。

在南楼的一侧，也有一排小房子，好像也被称为"九间房"，这是另外一处教员宿舍，"七七"之后，日本飞机的炸弹首先就落在这里。这是我早已知道的，因此也就不去访问那遗址。一直教我们英文的李尧林先生就住在这里。至今我还记得他在一个冬天的星期日晚上，叫我到他那里谈天的事。小小的房间，生着一个火炉，炉子上煮着鸭梨，他就用这来招待客人。在所有的老师中间，他是与同学关系最亲密的一位。他和我们一起在大食堂里包饭，同桌进食；他喜欢打网球，也喜欢看电影。他和我们随便谈天，他告诉我，在宿舍里我的床头小书架上排满了的新文学书，曾引起过舍监的注意，在我们上课时去检查过几次，虽然不曾找到什么"反动"的把柄，到底被当作思想不稳而提到教务会议上去了。他当场提出了抗议，痛斥了这种暗害的不光彩行径，在说着这些时依旧掩饰不住他的愤慨。他喜欢音乐，搜集了不少唱片，就放乐曲给我听。他在课堂上用英文讲课，教我们唱英文歌，有时还把课堂移到室外，带我们到近处去散步，一面走一面讲课。这些对同学们说来都是极为新鲜的，他不是严师，是可亲近的大朋友。

我也喜爱文学。在他的书橱里满满放着新文学出版物，在玻璃橱门上贴着一张"此橱书籍概不出借"的字条，他注意到我看着这字条出神，就笑着说："要看什么，可以借去。"从书橱中我抽出了两本《我们的六月》《我们的七月》。这是我第一次与俞平伯的作品相见，朱自清的《背影》和叶圣陶的《稻草人》早在小学时已读过了。

在"九间房"里还住着两位先生。何其芳和毕焕午，不过他们不曾教过我，因此并不相识。其芳先生后来在一篇散文里曾对南开表示过非凡的厌恶，称之为"一个制造中学生的工厂"，我们每天晚饭后经常去散步的墙子河，在他的笔下也成为一条臭水沟。可以看出，他对这个学校的行政管理、教学方式是很不满意的。这使我想起每周在新建的瑞廷礼堂里听校长张伯苓的"训话"的情景。这些"训话"大约就是引起其芳先生他们极大反感的。校长以外，有时候张蓬春先生也偶尔来演讲，在我的印象里，他是很善于说话的，比他的老兄高明得多。张九（蓬春）是南开话剧运动的创始人，又在梅兰芳赴美演出时起过很重要的作用，因而他又是梅兰芳的好朋友。于是有一次梅来天津演出时，就请他到学校来参观了，也许是想请他演出为学校募捐的义务戏，这一节我说不清楚。

这座瑞廷礼堂现在还在，也还是大礼堂，不过看起来有些过小也破旧了。我没有走进去看。不过三十年代初建成时却是了不起的堂皇的新建筑。梅兰芳到学校来时，训导老师早就做好了准备，严禁学生围观。那时我很想请梅签名，但没有法子想。灵机一动，想来他一定会参观礼堂的吧，于是就事先挨近后台等候，果然校长们簇拥着梅走进了空落落的礼堂，这时我就突然从后台走出，出现在他们面前，校长们受到这突然的袭击也束手无策，我并没有受到叱责，从容地将一张纸片递过去了。梅兰芳接过后踟蹰了一下，轻声说："是横着签还是竖着签呢？"然后就用笔写下去了，字写得很纯熟而老到，和他说话的语音完全不同。

这时，我注意到他脸部的髭须已经青青地布满了双颊。

刚进学校的时候，是没有资格住校内宿舍的。我们这些一年级新生就被安排在学校附近的一处民居里。学校也派了监学，管理夜自修。就在这里，我第一次尝到并明白了国难的意义。学校附近的六里台、海光寺都驻有日本兵，时常打靶，枪炮声不绝于耳，这倒也习惯了。接着又来了"津变"，日本人收买了一些青皮混混，排队请愿，说是要求"自治"。这一回闹了足足三天，不能上课，也不能出门。有谁形容当时的形势时说，整个华北，已经安放不下一张安静的书桌，说得实在是透彻极了。

至今还清晰地留在记忆里的是一九三五年冬的学生运动。当时"何梅协定"已经签订，冀东的伪自治政府已经出现，"冀察政务委员会"也已成立。北平学生发动了轰轰烈烈的"一二·九"运动。消息传到天津，各校也加以响应发动了声势浩大的游行示威。游行队伍是要经过东南城角的，再过去就是日租界，这时路口已经布满了路障，沙包铁丝网后面是严阵以待的日本兵。队伍经过时口号喊得特别响亮，同学们横眉冷对着虎视眈眈的敌人大踏步地向北走去。在行近金刚桥时，又遇到了一大批警察，阻挡队伍不许向省府前进。对峙中，"中国人不打中国人"的口号声响起来了，同学们手挽着手组成了一道人墙，准备迎接皮带、水龙的袭击。这时河北区各校同学的游行队伍过来了，会师以后队伍折回大胡同，在官银号前举行了群众大会。

就在当天晚上，高中部同学执行全校同学决议，赴南京请愿。我当时是初中三年级生，也参加了请愿的队伍。大家来到天津西站，要求乘津浦特快到南京去。要求被站长拒绝了，这是在意料之中的。没有法子，决定步行南下。今天想来，这决定是幼稚的，极少可能成功的。但在当时却以为是可行的，天公地道的。冬夜寒冷，何况又吹着刺骨的北风，队伍就这样沿着铁路行进。肚子有点饿了，不妨事，带有从食堂里取来的小馒头。去吃时，不但毫无热气，表面还起了一层冰凌。不过味道是好的，并不亚于在火炉边烘过的那一种。就这样，在天色微明时走到了杨柳青。一个以出产木版水印年画著称的地方。

当我们在一所小学里休息的时候，学校派了几部卡车追踪而至了。同来的是以喻传鉴为首的几位老师。他们平时给同学们留下的印象还是不坏的，所以被选派了来做"说客"，苦口婆心、声泪俱下地要我们回去。看到乘车的希望是没有了，步行请愿的准备又不足，只能先回学校去再说。使我们改变计划的是冷酷的现实而不是老师的说辞。这时我们就叫喻传鉴为"臭鱼"，算是对他劝阻我们南下的评价。

返校以后，校方立即使出了惯用的法宝——提前放假。

在南开学习的短短五年中间，提前放假的事就不止一两次。整个的学习环境都摆脱不开日本帝国主义的侵略，仿佛头顶一直笼罩着大片乌云，不知什么时候就会有暴雨降下。

在侵略军的行进声中，听李尧林先生讲授都德的《最后一课》，那印象是不能磨灭的，其实也用不着多余的讲解。要进行爱国主义教育，哪里还找得到比这更合适的地方。

黄裳，原名容鼎昌，一九一九年生于山东益都，后定居上海。曾出任随军翻译、报社记者、文艺编辑、剧本编剧等职。擅长于游记写作、戏剧评论、杂文随笔；更有翻译作品数种为读者所喜爱，至今已出版各类著作七十余种。

来新夏：

# 一个中学生的忏悔

搬家以后，整理藏书旧稿时，很偶然地从废稿捆中发现一小块发黄的剪报，原来是我半个世纪前，在大学读第二外语——法语时的一篇习作。当时教法语的是刚从法国回国的戚佑烈老师，年轻热情，经常鼓励学生练习翻译，并且不辞辛苦地一再帮助修改。我的这篇题为《中学生的回忆》的译文就是经过戚老师多次修改之作，后来在一份名为《天津教育》的杂志上发表。我很珍惜这篇译文，因为这不仅是我的劳动成果，还渗透着戚老师的心血，可惜只剩下题目和前两段残篇，很想能找到完璧，自己所在学校的图书馆没有入藏，转请天津师范大学图书馆张凤岭馆长查找，虽有此刊，可惜这篇译文被挖了天窗。后承天津图书馆高成鸢同志为我送来译文的全文复印件，真好像访求到一件珍本文献那样兴奋。

这篇文章是一位在中学时代对自己年已花甲的老师所

作种种恶作剧而表示忏悔之作。写来颇有情趣，读之令人感动，这也许就是我当年之所以努力去翻译的缘故。作者是在许多很不用功和好闹的学生中一个很出色的人物。他利用老师戴眼镜和假发的条件不断地开玩笑、恶作剧。在此，我且引录几段当年的译文看看作者是如何戏弄自己的老师的。

常常在全班静谧听讲的时候，我用一种可怕的声音急促地关我的书桌，不问便罢，如果要是责备我的话，我总是永远不变慢吞吞的答道："先……先生……我没留神。"

有时，我把厚纸折成一个三角兜，装满了墨水，然后很小心地关折好，在班上传递，若是被老师看见，他便会很严厉的命令把这装墨水的纸兜给他。他很自信的以为一定抓住了糖果；但是，当他打开来看时，墨水很迅速的泼洒在他的手和书桌上。我们感到这是些好玩的玩法。

我时常利用他正沉埋在深思中的机会，把他的一缕假发系在椅子背上，当他起立时，他的假发在我们大笑声中掉落下来，于是我们常是被罚禁止出门，但是我们玩得很热闹，也似乎觉不出这是一种厉害的惩罚了。

作者是以一种反省的态度回顾了少年时代的错误行为，他诚恳地写下当年对老师的伤害，深深地自责，想以坦露自己来表示歉意。他在文章的结尾写道："到现在，当我想起多多少少为我们辛苦的这些'可怜人'，我对于我这些坏行为有点后悔，同时更反复地背诵了诗人的一句话‘年轻的人是无怜悯的心的’。”这些话不能不引起我内心的共鸣，我虽然没有像作者那样过分，但是，也有过一些至今想起来就会脸红而感到惭愧的"坏行为"。我也愿像作者那样，写出当年感到有趣而现在不时内疚的某些事情，向曾被我伤害过的老师道歉。

我们是个文科班，虽然读书不多，却都自以为有文化知识，脑袋机灵，把"才华"用来给老师起绰号。我们常常根据老师的生理或行为的特点，相聚议论、"册封"。几何老师是刚从大学毕业的一位杨姓女老师，年轻漂亮，大家都喜欢她，只因为脚大，便给她起了个"杨大脚"的绰号。教代数的老师早年谢顶，就起绰号为"电灯泡"。教历史的老师，个儿高，国字脸，有点仙风道骨，就起绰号为"妖道"。教英语的老师比较古板，规行矩步，从无笑容，常常逐字逐句讲读《古史钩奇录》，所以即景生情，称他为"木乃伊"。体育老师走路时手脚甩动，我偶尔看到他有点像鸭子走路，平日又有点婆婆妈妈，于是很快传开了"鸭子妈妈"的称号。语文老师年近花甲，写得一手好赵字，讲评作文时纠正错别字，尤见特色。他往往举出作文中的例子，似嘲若讽地讲述，使人印象深刻，如"糖炒栗子"之误作"糖炒票子"，"捧腹大笑"之误作"棒腹大笑"，"刚愎自用"之误作"刚腹自用"，同时他还常用粉笔敲打灰哗叽长衫下那凸起的腹部，引得我们哄堂大笑，终身难忘，使我们日后对错别字特加注意。这本是老师的苦心所在，而我们却残酷地把"糖炒票子"的称号送给这位老语文教师。……可以说，我们给每位默默浇灌未来的老师都起了绰号，甚至欣赏起名者恰如其分命名的"才华"。直到长大成人，才越来越感到不可原谅的沉重。

我们常常挖空心思想出新招。有一次，我看到讲桌上的粉笔盒内只剩下几支短段粉笔和一些粉笔头埋在粉笔末里，就挖走了短粉笔和粉笔头，留下小半盒粉笔末，正好是教几何的"王瘸子"上课，当演算时发现没有粉笔，便拖着一条跛腿去拿粉笔。他回来后还向这群可恶的小鬼头表示歉意，自责没有准备好，耽误了大家的时间。同学们赞美我的"新招"，因为这是不易被发现的"高招"，既可以再一次欣赏老师一歪一歪的走路姿势，又因老师去拿粉笔给我们腾出了叽叽喳喳、活动手脚的空隙，于是，这一招就成为我们恶作剧的保留剧目了。

许许多多的翻新花样，成为我们中学生生活中的一部分内容，岁月渐渐冲淡了青少年时代的往事，但对善良的老师们所做的"坏行为"却异常清晰地萦绕在脑际而不时困扰着我。成人之后，偶尔遇到旧日中学的老师，总要倾诉一点往事，忏悔自己的"坏行为"，希望得到老师的宽恕，求取心理上的自我平衡；但是，老师反而一笑置之，不以为意，有时还夸我们有趣聪明。

这些曾被我们无知亵渎过的老师，现在大都已经离我们而去。他们的辛勤、宽厚让我们深感怀念和愧疚。我们不能以年轻人无怜悯心来自恕，我们将永远回忆中学生的生活，谢谢老师们给我们那么多，那么多难以尽述的恩惠。

来新夏，著名作家，浙江萧山人，一九二三年生于杭州。一九四六年毕业于北平辅仁大学历史学系。历任南开大学历史学教授、校务委员、图书馆馆长、出版社社长兼总编辑、图书馆学情报学系主任等职。现任教育部古籍整理研究工作委员会所属地方文献研究室主任。

文洁若：

# 我的中学生活

一九四〇年四月一日，我入圣心学校，攻读英文。圣心学校分布于全世界各国。天主教圣方济各修会除了传统的传教工作外，还积极从事国外布道工作，并在教育与学术研究方面有所建树。圣心会是天主教女修会，一八〇〇年由修女巴拉创立于法国，以开办培养富有人家出身的年轻女子的学校闻名。巴拉死于一八六五年，当时圣心会已由法国发展到欧洲十一国以及阿尔及利亚和南北欧洲。

坐落在北平王府井大街东单三条西口的圣心学校，学制为十年一贯制，分英文班和法文班。它好歹维持到一九六六年。最后几年，由于学生招不够，剩下的八个修女经营了一家托儿所，专门收外国孩子。"红八月"中，她们被红卫兵驱逐出境。如今，那座巍峨矗立的三层教学楼房已荡然无存。

严复的大孙女严绮云是该校有史以来的高才生，备受修女们的器重。三十年代末萧乾在香港结识的四川姑娘卢雪妮，在圣心学校攻读过好几年，她的法文和钢琴就是在那儿学会的。三十年代以来，我的四个姐姐先后在圣心学校念过书。我赶上了末班车。三四年级时教我的艾玛嬷嬷是我的恩师。一九四一年，圣心会的总会长到北平的圣心学校视察，注意到我写的一篇英文作文，题目叫《一个故事》，予以夸奖。艾玛嬷嬷作为我的级任老师，觉得脸上光彩，常常单独跟我聊天。四年级的课本中有美国作家华盛顿·欧文的短篇小说《瑞普·凡·温克尔》，艾玛嬷嬷告诉我，爱尔兰作家詹姆斯·乔伊斯的代表作《尤利西斯》中就不止一次地出现过这个人物。这位修女的知识面相当广，有一副圆润清亮的歌喉，入修女院之前，想必相当活跃。

我在圣心读了一年九个月，连跳两级，每月评奖，上台领奖的总是我。那些读母语的金发碧眼的同学，个个娇生惯养，松松垮垮。一九四一年底，我以优异成绩读完了四年级，但家中再也无法供我在圣心念下去了，它的学费比一般学校贵一倍。我并未气馁，在家自修初一、初二的功课，还自订读书计划，尽情阅读《红楼梦》《三国演义》《水浒》《西游记》等名著，背诵《孔雀东南飞》《长恨歌》《琵琶行》《秦妇吟》等长诗。

一九三九年至一九四九年间，我们兄弟姐妹中一直有一个至五个在辅仁读书。我辍学时，大姐是辅仁大学西语系毕业班的学生，后来成为台湾女作家的张秀亚是她的同学。三姐读完二年级就患了足疾，暑假后架着双拐数月，没参加期末考试就卧床不起。我和四姐住三间东厢房，该上学的离开家后，我一面伺候三姐，一面自学。父亲住正房，两明一暗，两间明的打通了，是客厅兼饭厅，但早已开不出像样的饭了。父亲经常到东安市场的旧书店去出售他的藏书。我们把缝纫机、收音机、留声机等都卖掉，最后连房契也抵押出去。大姐大学毕业后，托她孔德学校时的老同学周鞠子（她是周建人之女，当时和两个弟弟跟着母亲，与二伯父周作人生活在一起）向周作人说项，在北京大学日语系当上了系主任徐祖正的秘书。大姐是个很好的带头人，对弟弟妹妹的影响是不可估量的。

这时前院和两个后院都租出去了。母亲带着大姐、三姐住西院的三间北房，弟弟们则睡在与父亲那间卧室兼书房相连的套间里。母亲精心栽培的白丁香和黄刺玫各两棵，枝叶挓挲开，遮没了中院的一半，另一半是枣树和藤萝架。西院种的是紫丁香和葡萄架，以及一棵松树。她还在巨钵里培植了一棵一米多高的桂花树，幽香袭人，冬季必须搬进屋。

一九四二年九月，我插班进入辅仁大学附属中学女校初三，次年考入高中，一九三〇年萧乾进辅仁大学时，那是新由天主教美国本笃会办起的私立大学。没过几年，由于纪律松弛，由德国圣神会接管，还分别在东官房和太平仓创立了附属中学男校和女校。新中国成立后，男校易名十三中，女校早已夷为平地，成为平安大道的一部分。

由于日本帝国主义者与德国纳粹狼狈为奸，德国教会也沾了光，北平沦陷期间伪教育局没怎么插手辅仁的教务。例如，教育局规定每周上五堂日语、两堂英语，而实际上教五堂英语、两堂日语。师生之间有默契，如果查学的来了，立即调换课本。查学的确实来过几次，但只在教务处坐坐，从未进教室来查问过。我的两种外语都起了作用。每逢交英文作文，全班五十个同学中，至少有三十几个请我预先替她们改一遍，重抄后再交上去。老师允许我利用上日语的两个小时，去向一位德国修女学德文。考试时，我给大家递小条，保证人人得满分。那位教日语的男老师干脆到走廊里抽烟去了。他本来也是混口饭吃，觉得教敌国的语言没志气。

我读小学时，算术一向是班上最好的，从来没出过错。由于没有读初一、初二、初三的代数，高中的几何、三角，就都成了难题。亏得我遇上特级教师王明夏。她从来没为我单独补习过，甚至没跟我说过话，但她教数学的本领确实了不起。不知不觉间，我就开了窍，记得考清华时，五道数学题，我答对了四道半，只有半道有点差错，自己估计考了九十五分。我从《华夏妇女名人词典》（华夏出版社一九八八年版）中得悉，王明夏老师生于一九〇五年，是湖南浏阳人，一九三四年毕业于北京师范大学数学系。除了辅仁，还在河北省高级中学、北京师范大学附属女子中学、北京师范大学实验中学教过数学，并被北京师范大学数学系聘为讲师。她是中国共产党党员，学风严谨，教学水平和教学艺术是全国中学数学教师的典范。可惜当我于一九八八年了解到王明夏老师的光辉事迹时，她已作古十五年了。

我三姐常韦于一九三六年回国后，在崇慈女中念初三，次年，考进辅仁女中的高中部，不但应付自如，而且成为教英语、化学等课程的美国修女艾琳的得意门生，当年学校用的化学教科书是由英文翻译过来的，修女特地把原著借给我三姐，并且破例准许她一个人用英文答卷子。因为学习成绩优异，一九三九年从附属女中免试保送到辅仁大学西语系。我还在小学和圣心读书时，三姐就常带我在星期日上午到太平仓去望弥撒，每次她都跟艾琳修女聊上一通。圣诞节晚会的节目也由艾琳修女导演，她还让我扮演过小天使，三姐则身着白色纱衫，用英文朗诵《平安夜》。这是姊妹俩唯一的一次同台演出。一九四一年六月，三姐扭伤了脚脖子，不得不中断学业。

我于一九四二年九月入辅仁女中念初三后，由艾琳修女教英语，然而当年十一月，她就连同在辅仁大学女校任教的另外两位美国修女（杰玛和玛格丽特），被侵华日军押送到山东潍坊的一座日军关押美英等国侨民的集中营囚禁起来，日本投降后，才获得释放，我上高三时，她教了我一年。我们听说，这三位修女在集中营里为老人和孩子做了大量的工作，她们的献身精神使大家深深感动。一九四八年十二月，她们返回美国。艾琳修女到大学化学系去深造，随后在一座天主教中学教化学。

国语老师张先生，经常对我们进行爱国主义教育。教历史、地理的郭先生，每次慷慨激昂地讲到从一八四〇年的鸦片战争起，一百多年来被侵略的历史，同学们都充满爱国主义热情。辅仁大学附属中学女校之所以能够聘请到这样一些优秀教师，是因为辅仁大学由德国天主教圣神会掌管。一九三五年来华的罗马宗座驻华代表蔡宁红衣大主教是意大利人。一九三六年担任辅仁校务长的雷冕神父是德国人。后来德、意、日成为轴心国，辅仁大学就成了沦陷区北平教育界的一方偏安之地。校长是德高望重的陈垣（一八八〇——一九七一），培养了不少人才，如王光英、王光美。念完高二的暑假，一九四五年八月十五日，日本宣布无条件投降。一九四六年七月高中毕业，九月，我考上了清华大学外国语文学系。步入晚年，我由衷地感谢那些教导过我的恩师。他们告诉我，要做个有骨气、有志向的中国人，一个堂堂正正的人。

文洁若，资深编审，文学翻译家，一九二七年七月十五日生于北京。一九五〇年毕业于清华大学外国语文学系英语专业。一九五一年起，在人民文学出版社任编辑、编审。一九七九年成为中国作家协会委员，中国翻译家协会委员，中国日本文学研究会理事。二〇〇二年被选为世界华文文学家协会名誉理事。二〇〇四年被评为资深翻译家。一九八五年至一九八六年作为日本国际交流基金研究员，在东京东洋大学研究日本近、现代文学。

刘诗嵘：

# 好歌伴我成长

　　"深深的约旦河啊，我的家乡就在她的彼岸⋯⋯"这支美丽、深沉的黑人灵歌，通过美国黑人女低音歌唱家玛丽亚·安德生浑厚的歌声，深深打动了每个同学的心。这是上世纪四十年代初我在铭贤中学时，从学校的美国教师播放的唱片中听到的。铭贤中学是一所在抗日战争期间由山西迁至四川的教会学校，与之联合办学的美国奥伯林大学派来了若干位教师，他们主要担任英文教学，但是他们其中也有人业余爱好并擅长音乐或体育，于是，他们的这些爱好和擅长便在学校的文体活动中发挥了很好的作用。《深深的河》是一首非常著名的美国黑人灵歌，它借《圣经》上犹太民族渴望回到故乡的强烈愿望的故事，表达了黑人奴隶们也渴望返回自己在非洲的家乡。而这样的情感又恰恰切合了因日本侵略而背井离乡的中国青少年的心情，因此听来倍感亲切和感动。

　　虽然我自幼爱好音乐，但是当时的社会和家庭环境及条件不允许我像今天的一些少年儿童那样从小就接受正规的音乐训练，只能够从小学、中学的音乐教师那里接受音乐的启蒙教育，参加学校组织的音乐活动。所幸我从小学到中学都遇到了几位优秀的音乐教师，他们不仅教给了我音乐的基础知识，也培养了我良好的音乐趣味，这对日后我从事专业文艺工作起了很重要的作用。

　　在"卢沟桥事变"爆发前的一九三六、一九三七年间，我家由北平迁至济南，我就读于济南女师附小。这是一所很优秀的学校，不仅管理严格、文化课程的质量高，而且同学们的业余文艺活动也很活跃。当时的音乐教师韩亨锡先生是一位朝鲜爱国青年，他由于难以忍受在日本占领下的生活而来到中国做了一名音乐教师。他不仅担任正常的音乐课，还组织了口琴班，在口琴班上我们演奏了李叔同的《送别》和俄罗斯民歌《伏尔加船夫曲》，并于一九三七年暑假前夕排演了一出儿童歌舞剧，借一名在列强占领下的波兰音乐家展开地下抵抗斗争的故事，抒发当时中国人民抗日的感情。他自己扮演那位音乐家，假装做一名街头艺人来从事抗敌的活动，和他一同卖艺的小女孩和小狗、小猴，都由擅长歌舞的同学们扮演，由山东省立剧院的管弦乐队伴奏，演出十分轰动。不久，"卢沟桥事变"爆发，日寇沿津浦铁路南下，济南很快失守，我和家人从此便走上了流亡之路。韩先生后来也到了大后方，曾经在重庆音乐院进修，并参加过西北战地服务团，用文艺形式为抗战服务。当时，从报刊上看到他曾经将朝鲜民间传说《阿里郎》改编为歌剧，并自己担任男主角出演。抗日战争胜利后，韩先生于一九四六年返回了已经光复的祖国，据说定居在釜山，二〇〇七年仙逝，他的后代曾经到中国来寻找故旧，并为他举行了一次作品音乐会。音乐学院的梁茂春教授曾协助韩先生的家属多方寻找，知道我竟是韩先生当年的学生。可惜那一阵我去南方参加中国戏剧节，竟错过了参加那次活动的机会。

当我与家人离开济南之后，一路经过了安徽、湖北、广西、贵州，最后于一九三八年底到成都定居下来。这一定居就是八年，直到一九四六年春方才得以回到北方的老家。在这辗转流亡的一年里，没有好好地上学，一路上伴随和安慰我流亡之寂苦的只有一支口琴和一册《大家唱》歌曲集，这是在武汉的进步文艺工作者编印的，它的第一页上就是今天的中华人民共和国国歌——《义勇军进行曲》，这首歌在当时给全国人民的精神激励是今天难以想象的。歌曲集里面的《松花江上》《五月的鲜花》《长城谣》《救国军歌》等，或是雄壮，或是悲壮……无一不是当年人民心声的倾诉，也深深地教育、感染了我这个十来岁的少年。

当我该升入中学的时候，最先进入的是成公中学，在那里先后有两位音乐老师给我们授课：第一位是教美术的卢先生，他向我们介绍了冼星海为电影《夜半歌声》所创作的主题歌《夜半歌声》以及其中的另两首"影中戏"

的插曲《热血》《黄河之恋》，歌曲里"谁愿意做奴隶？谁愿意做马牛？人道的烽火燃遍了欧洲……"热情激荡的歌词和激昂的旋律至今仍时时萦绕于心头；而另一位周先生，他的名字叫仲篪，我至今记得这名字，因为"篪"是一种我国古代横吹的管乐器名称，但是他当年却是将最富于时代精神的音乐作品——《黄河大合唱》介绍给了我们。由于同学们的音乐水平参差不齐，无法练习其中的多声部的段落如"怒吼吧！黄河"，但是大家却将其中的《黄水谣》唱得有滋有味，更是被周老师在课堂上为我们介绍这作品时用轻声模仿女声所唱的"黄河怨"深深地感动了。有一年春天，周先生带领由二十多名同学组成的合唱队参加成都市中学和艺术中专的歌咏比赛，我们学校的合唱队竟超过了由音乐专业学生组成的南虹艺术专科学校而获得了第一名。平心而论，我们这些普通的中学生的音乐专业素养肯定不如艺术专业的同学们，但是我们歌唱的"精、气、神"却比他们略强，这也是抗日的激情所致，而且我们也较少专业教条的包袱。

我曾就读的高中有两处，它们是由山西迁至四川金堂县的铭义中学和铭贤中学。我首先选择铭义中学的理由很明确：那儿有一位优秀的音乐教师包恩珠女士。她曾经在抗战前于著名的杭州艺专学习，钢琴弹得很好——尽管在铭义教学时只能委屈地在四组簧片风琴上凑合授课，她仍然尽可能地将一些优秀的音乐作品介绍给同学们，也给一些特别爱好音乐的同学吃一点"偏饭"，正好有几位不同班级的最热衷音乐的同学，她便将我们几个"发烧"生组合成一个男声四重唱，学习演唱当时在重庆的指挥家李抱忱编纂的一些合唱作品，如根据德沃夏克的《自新大陆》交响曲第二乐章的主题改编的《念故乡》，不仅音乐优美传神，而且内容也正好符合了我们师生流亡在外的心情。包老师给我们吃的最美好的一餐却是自己买票请我们四名"高足"到成都去听重庆五大学合唱团的音乐会。那是一九四二年初夏，以重庆国立音乐院为首，还有复旦大学、暨南大学、中央大学等的学生合唱团联合组成了近百人的合唱队伍，由李抱忱指挥，演唱了多首中外合唱名曲，中间还穿插有当时在大后方的优秀歌唱家、演奏家如黄友葵、叶怀德、张洪岛、易开基等的独唱、独奏节目。合唱以黄自的《旗正飘飘》打头，接着是他的《抗敌歌》，然后是吴伯超作曲的《中国人》，这也是一首颂扬中华民族精神的好歌。中间还有一首由美国歌曲改编的男声合唱《从军乐》，开头的一句歌词"前进！胜利等待我们……"符合了所有中国人民渴望抗日战争取得胜利的心情。音乐会以抒情色彩浓厚的《海韵》结束，徐志摩优美的诗，赵元任传神的曲，加上张权女士美丽的领唱，将听众的精神境界引向了最高潮。我的心向音乐靠得更近了！

可以说，在当时的大后方，文化生活是比较贫瘠的，社会上经常流传的仍旧常是"绞死猫儿"般的流行歌曲，当我将这些经常耳濡的歌曲和我在学校中所学、所听的歌曲作一对比时，年轻人追求向上的感情便自觉自愿地作出了选择，也可以说，在学校里受到的良好音乐教育和影响，使我对社会上不健康的音乐有了免疫力。新中国成立后，包恩珠女士曾担任过中央音乐学院音乐附小的校长，继续为培养音乐的下一代做贡献。

在铭义中学读了一年之后，我转入了也是由山西迁川的铭贤中学，这不仅由于这所学校的教学水平较高，最根本的原因是包老师由于要去重庆和她的先生团聚以结束两地分居的生活，离开了铭义学校。而且，我知道在铭贤中学也有一位优秀的音乐教师王文辅先生，至于那里的外教中也有爱好和擅长音乐者，却是到校以后才知道的。王文辅先生是北京人，这使我对他除了敬仰之外又增加了一分亲切。他在北京（当时叫北平）时，曾师从著名指挥家李抱忱，虽然没有高深的音乐学历，但是他丰富的音乐修养和教学有方令人十分钦佩。当时后方的物质条件很困难，王老师自编音乐教材以石印出版，向我们提供了许多珍贵的世界音乐知识，所有的谱例均用五线谱，这在今天也是很高水平的教材了。他还组织了学生合唱团，能够演唱当时流行的许多优秀合唱作品直到中国的《海韵》和亨德尔的《弥赛亚》中的选曲，为合唱团担任伴奏的就是来自美国的英文教师席勒先生。可惜抗战时期的艰苦生活使王老师患了肺结核，在我离开铭贤考入重庆国立音乐院之后不到一年他就病故了，令人十分惋惜。

我参加革命工作后，一直从事专业文艺工作。由于自己的经历，我十分重视文艺的普及，不仅自己常常通过广播、电视播讲歌剧和音乐的常识，也写一些传播文艺知识的文章和书籍。若干年前，我曾应邀为中学教师们讲歌剧知识，我上来就表示：我之所以今天能够从事专业文艺工作并略有所成，主要是我从小学、中学得到了多位优秀音乐教师的教诲。我当时并非在说客气话，而是真诚地表达自己对于过去许多位在音乐上培育了我的教师的感激之情。今天，就让我再一次地表达这样的感激吧！

刘诗嵘，一九二七年生于北京，一九四三至一九四八年就读于重庆青木关国立音乐院及上海音乐专科学校，一九四九年参加革命工作，在中央歌剧院担任艺术行政工作，离休前任剧院副院长及艺术委员会主任，一九九二年离休后被聘为剧院艺术顾问。曾担任过中国音乐家协会第四届理事、中国歌剧研究会主席团成员。

丰一吟：

# 遵 义 忆 旧

一九三七年，抗日烽火把我们逼到了他乡。一路上，爸爸带着我们一家加上姑妈、外婆，先到浙江桐庐，然后又到江西萍乡，湖南长沙，广西桂林、宜山，贵州都匀、遵义，最后来到四川重庆。

一路颠沛流离，只有到了遵义，才摆脱了日寇的追赶，过上三年平安的日子。

在逃难路上，我们孩子不必像大人那样担心，也不必为策划安全和衣食而操心，只觉得经常换地方，看到从未见过的山水，而且不必上学，真开心！虽然日子很艰苦，但儿童时代对于艰苦似乎无所谓，只注重兴趣。所以一直觉得挺高兴的。

到了遵义就不一样了。日寇追不到这里，爸爸就让我们进学校念书。我先进两湖小学读完六年级（因为我九岁逃难出来时正在念五年级），然后进豫章中学念初一。

那时我家住在离城两公里多一个叫"罗庄"的地方。（六十多年后我曾旧地重游，罗庄已消失，只在一个"罗庄招待所"的招牌上才看到了"罗庄"二字。）我二哥元草也进了豫章中学，他比我年级高。记得我们俩每天早上同时出门，但不走在马路的同一边。我走左边，他就走右边，大概他认为男女有别吧。在家里我们经常讲话，但一路上以及到校后从来不搭腔。

我在豫章中学只念了一个学期。记得当时有几个浙江大学的学生在豫章教书。爸爸是浙大的老师，所以他们是爸爸的学生，例如教美术的华开进老师、教数学的吴兆祥老师、教语文的罗象贤老师，还有一位教音乐的齐老师。他们知道我是丰子恺的女儿，都另眼相看。记得罗象贤老师教学生读我爸爸写的《忆儿时》一文时，老是把头转过来看看我，表示这就是作者的女儿。我却不喜欢让我在班上受人注意。

还有一次上音乐课，齐老师竟选了一首十分不适合初中生学的歌。一开头是"女郎，单身的女郎，你为什么彷徨在……"歌词就算不去说它，那曲子带有很多附点音符，全班学生都唱不好附点音符，几乎教了大半堂课也没教会。我的座位是前排的。齐老师大概听出来我唱得准，便让我一个人站起来唱了一遍，算是这堂课有了交代。

我的音乐课还可以，体育课却很差。记得期终考试时，体育课要求考投篮，一分钟内只要投进一次就算及格。可是我一生从没碰过篮球啊！我在上百双眼睛的注视下一个一个地投篮，总投不进，心急如焚。同学中几个相好的也替我着急。"高一点！再高一点！"在她们的鼓励下，我在一分钟的最后几秒里投进了篮。"好啊！"同学们为我鼓掌。

到下学期，我患了副伤寒，就休学在家。爸爸替我请家庭教师补习一下。后来到了重庆，以"同等学力"考进了国立艺术专科学校应用美术系。所以我其实没有什么"中学时代"。由于数学差，如今连算钱也经常算错。现在我已八十四岁。语文、史地都有机会自学，只要多看些书，可数学就只好不去管它了。

这就算是我的中学时代吧！

丰一吟，女，汉族。一九二九年五月生于浙江省石门镇（今属桐乡市）。其父为著名画家丰子恺。上海市文史研究馆馆员，丰子恺研究会顾问，上海翻译家协会会员。

姜德明：

# 燕子来了

我没有研究过我少年时代就读的那所学校创立在什么年代，想来是在辛亥革命以后开办的所谓洋学堂。校址原来是一座玉皇庙，根据清代张焘的《津门杂记》记载，少说也有上百年的历史了。

一进校门是个大操场，前殿有若干间教室，拐进东边的月牙门便是后殿，中间隔着一个小小的校园，种了一些花草。后殿的院子更大，当中是一座篮球场。北面最高的教室该是原来供奉玉皇大帝神像的地方。

学校外面是一条繁华的大街，有饭馆、酒坊、绸布店，甚至有一座戏院，后面则是一座不小的当铺。当铺有几层楼高，远远地就能看到它，俨如这一带的首脑，高高地俯视着低矮的平房。那建筑活像一个仓库，四面不见一个窗子，总让我想到也许监狱就是这个样子。最有意思的是我们学校后院紧挨着一家卖活鸡的市场，常常有鸡中

"逃犯"跳出"牢笼"，飞上我们教室的屋脊，或是跳到我们的篮球场上来悠闲地漫步。于是这些闪耀着美丽羽毛的鸡，便成为所有孩子眼中的猎物，再也没有心思听课了。大家恨不得马上下课，好到篮球场上去追鸡。

逢到这种时候，我们的级任老师王先生就无可奈何地摇摇头，索性放下了课本，跟我们讲起鸡的故事来。我们暂时忘记了院里的那个"逃犯"，津津有味地听老师讲先有鸡还是先有蛋，或是讲乡间斗鸡的风俗，以及古代有个孟尝君，他的一位聪明的朋友，怎样以学鸡叫来解救了他的危难。

说起我们的级任老师，他可是个又严肃又可亲的人物，那时总该有四十岁上下了，因为我们第一次见到他时，他的头发已经有点花白。他是早期师范学校的毕业生，多少受过"五四"新文化思潮的影响，所以能够跟我们讲一些科学知识和课外的话题。抗日战争以前，教师们的生活一度还算稳定，那时他穿了一身毛哔叽长袍，外面罩了一件黑马褂，总是整整齐齐的，连脚底下的一双黑礼服呢鞋，也总是像刚买来的那样一尘不染。头发梳得光光的，再加上眉目也很端正，所以同学们给他起了个绰号叫"美人王"。这个外号未必高明，也说不清是谁起的，大抵是以前高级班的同学们给叫起来的，总是对他酷爱整洁的一种善意的讽刺吧。其实这种讲仪表的态度，也是他热爱自己的职业和尊重同学们的一种表示，可惜我们当时还不懂这些道理。

不久，"七七"事变发生了。在我们这小天地里也不声不响地经历着一场变化。先是院里墙上的"礼义廉耻"大字标语被涂掉了，接着又摘去了教室正中悬挂的孙中山先生的遗像，换上了孔夫子佩着宝剑的全身画像，上面还写了一行字："大成至圣先师孔子圣像"。总之，那时候我们只朦胧地知道孔夫子不是人，而是"圣"。"圣"是高不可攀的，离得我们很远很远。

大概是在挂上孔夫子圣像不久，我们又增加了学习日语的课程，跟着便来了几位教日语的老师，分到我们班上来的是一个姓李的。这个人梳着大背头，戴了一副墨光眼镜，上身穿着西装，下面一条绿色的马裤，脚蹬一双闪光的马靴，俨然半个皇军的模样。说真的，在侵略者的刺刀下强迫我们学习敌国的语言，这滋味很难忍受，我们打心眼里不乐意，何况回到家里，家长们也不支持。有一次，我偶然翻开日语课本刚念了一个单词，家中人便呵斥："住嘴，把课本扔到一边去！"每当见到这半个皇军的德行，更增加了我们的反感，背后总骂他是"翻译官"。所谓"翻译官"，实际上就是汉奸。

这位"翻译官"很厉害，留下的单词很多，谁不会背便得罚站。我们班上个子长得最高的同学杨国柱，爸爸是个卖水果的小贩，他功课门门好，就是日语不行，我们都知道他也是存心不好好学的。有一次，"翻译官"让他站起来背单词，他说："不会。"

"凭什么不会？""翻译官"瞪大了圆眼珠子问。

杨国柱没有回答。整个教室里静悄悄的，听不见一点声音。

"回答！你哑巴了吗？""翻译官"追问着。

"我……我是中国人。"同学们都替他捏了一把汗。

"什么？你……你骂谁？""翻译官"气极了，马上举起了手中的藤教鞭，可是距离较远，立刻拿起铁皮的黑板擦，用力地朝杨国柱掷去。这小子也许受过什么训练吧，扔得很准，尽管机警的杨国柱很快地闪避了一下，还是打在了头上，鲜红的血顺着额头流在脸上。同学们惊呆了，而"翻译官"还在讲台上吼叫着："出去，滚出去！跪在篮球架子底下，跪一天！"

我们望着杨国柱一步步地绕过讲台，推开了教室的门，然后又走到院里的篮球架下。他用手擦了擦额头的血，远远地朝我们教室望了望，艰难地跪了下去。这屈辱好像不是他一个人的，我们的心里也在滴血！而台上的"翻译官"还在咆哮着："不学日语甭想毕业。别门功课再好也无效……"我们低下头望着日语课本，却什么也听不进去，只是想着跪在外边的同学，想着他脸上的血……

下课的时候，"翻译官"又重申没有他的命令，谁也不准杨国柱起来。同学们，包括其他班级的同学都从教室跑到院里来，可是没有人敢去接近他。

忽然，从人丛中走出一个穿长袍的人来，他朝着篮球架子走去了，那人正是我们的王老师。他走近杨国柱，伏下身去，掏出自己雪白的手绢，为他的学生擦拭伤口……

这说不上是什么壮举，但这行动是我一生也难以忘记的，因为在我们当中，是他第一个勇敢地走近了受难者。跟着，我们一拥而上，围住了王老师和跪在地上的杨国柱，我发现我的同学哭了。

上课铃响了，王老师回到教员休息室去，很快地又抱着讲义朝我们教室走来。当他走到篮球架附近，朝着杨国柱喊了一声，我的同学便站了起来跟他一起回到了教室。

这一次，王老师没有按惯例先在黑板上写下要讲的课题，只是习惯地抖了抖袖口上并不存在的粉笔屑，然后带着少有的激愤说："刚才我向李老师讲了情，可是他不答应。同学们，不能光学日文，把别的功课都扔了啊！我把杨国柱叫起来了，我负责，大家不要怕。同学们，越是这种时候，我们越要把自己国家的课文读好！"这一堂课究竟讲了些什么，我早已忘得干干净净，可是王老师的这一席话却记得很真切。果然，下课之后在教员休息室外面，又听到那个"翻译官"正在向王老师怒吼着，隐隐约约地听到他讲要去找校长告状，而校长却偷偷地先溜掉了。

敌人的奴化教育更加逼紧了，"翻译官"似乎比他的主子还要卖劲，当伪教育局到学校轮回放映宣传片时，他常常站在高高的台子上嘶喊着，无非像一条狗似的替主子宣传大东亚共荣圈怎么美妙，或是中日两国同文同种啊，等等。我记得有一张画片上画了一个美女向人献花，下一张那美女却变作一条狼要吃人。这时，"翻译官"就丑态毕露地叫着："不要相信她今天说的好听的话……明天呢？她露出尾巴……"说着还指给大家看那画上的尾巴，上面写了"共产党"三个字。说真的，那时我们一点也不懂什么叫共产党，只是因了他的一再咒骂，反而感觉这可能是一些好人。

"强化治安运动"开展的时候，人民的苦难也加深了。我们的王老师很明显地衰老了，虽然他还保持着一向爱整洁的习惯，然而，他的马褂不见了，毛哔叽长袍也不见了。有同学看到他不止一次抱着包裹进当铺。现在他穿了一件打了补丁的布袍子，细看的话，脚下的鞋和袜子都是缝补过多次的。中午，他就着一杯白开水，啃着从家里带来的凉馍馍。一根酱萝卜要吃上一个星期，每天饭后都用一张纸小心地把它包好。偶尔到校门外买上一根油条，便算是改善伙食了。

那时候，老师们的生活都很艰难，下课以后差不多都得设法另谋生路，找个兼差，以作补贴。有的老师去帮助商店清理账目，有的会中医的便去药店诊脉，有的为别人缮写文稿，有的甚至去做点小生意，让自己的孩子也退了学，到马路上去摆香烟摊。却没有听说王老师课余干点什么营生。

那是一个冬天的黄昏，天上正飞着雪花，我刚从亲戚家回来，走过金刚桥，看到一个头发花白的人力车夫，正拉着肥皂箱吃力地爬坡。他的破棉袄上罩满了雪花，头发蓬松着……啊，我万万没有想到那个筋疲力尽的人力车夫正是我所敬爱的王老师！我的心立刻紧缩起来，好像什么人给了我迎头一击，我的灵魂震撼了。我真想过去帮助老师推上一把，可是我又怎么能忍心让老师看到我呢？我赶快躲在桥上的柱子后面，任风雪吹打我的面颊，看着老师一步步地迈着沉重的步伐。谁知道老师为了养家，已经给肥皂厂送过多少日子的货了呢？

第二天上课的时候，我简直不敢抬头去看王老师，我担心昨天老师已经发现了我。可是王老师就像没有发生过任何事情一样，仍然那么认真地、严肃地在黑板上写下要讲的课题。他的头发虽然失去了光泽，但是又梳得那样整齐了。为了引起我们听课的兴趣，他甚至说了一句俏皮话，引得我们都笑了。老师啊，您越是这样，我越是感到难过：您为什么不直接向我们诉说自己的苦难！

我没有向任何人公开我所见到的王老师的秘密，我以为那样会伤了老师的心、同学的心，不过我终于偷偷地告诉了杨国柱。这个大个子同学一下子就流出了眼泪……可惜，我们这位不服"翻译官"管教的好同学，没有毕业便自动退学，挑起他父亲的担子，走街串巷地去卖烂水果了。

苦难的岁月折磨着一切善良的人们，我的老师和同学都逃脱不了屈辱的命运。王老师的腰弯得更厉害了，背后再也听不到同学们叫他的绰号"美人王"。可是直到这时，他讲起课来还是那么认真，总是向我们说："同学们，越是这种时候，我们越是要好好读书啊！"

有一天，我在课堂上忽然发现房檐下面燕子归来了，它们正在旧巢旁边筑起一座新巢。我的心立刻飞向了它们，心里在说："久违了，小燕子，你们在南方玩得可好？"我看得出了神，正在发呆，连王老师叫我名字的时候，我都没有完全清醒过来。待到老师叫第二声时，我才连忙站了起来答道："有！"

"你怎么了，在想什么？"老师问我。

"老师，燕子回来了！"我脱口而出，不想欺骗老师。四周的同学一下子都乐出了声。王老师不仅没有生气，还走到我座位的跟前，从我这里往窗外的屋檐下望去。待他果然看到燕子正往来衔泥的时候，脸上立时浮起了笑容，并且摇着手中的小半截粉笔头自言自语地说：

"是呀，燕子回来了……"

于是，我们全体同学都受了老师的感染，眼望着窗外的蓝天，从心底呼唤着，春天到了。


姜德明，一九二九年生于天津，一九五〇年进北京新闻学校，一年后分配至人民日报编辑部，长期从事文艺副刊的编辑工作。曾任人民日报出版社社长。中国作家协会会员，中国散文学会副会长。

周海婴：

# 我学无线电

一九四五年，我又因气喘病发辍学，这时虽然抗战已达七年多，胜利曙光就在眼前，但孤岛的生活也愈加紧迫。这一年我已十六岁，马上要迈入成年的门槛了。母亲便和我商议：虽然我不能正常上学读书，但老是在家里闲着无所事事，也不是办法，不如趁机去学习些什么为好。上海的短期学校有好几类，还是寻个夜校去读，比如簿记、会计之类，这样好歹也能有个一技之长，将来可以找个吃饭的去处。但我去试听后觉得于我的兴趣大不相合。还有一种是无线电技校，分电讯班和工程班，有三极无线电学校、中华无线电工专、南洋无线电工专等等，晚上也可上课，并不影响我白天复习中学的课程。这倒是我的爱好所在。至于学费的筹措，我曾在两年前利用压岁钱等私蓄买了架照相机，可以把它卖掉。母亲想想也同意了。

这夜校晚间七点上课，授课老师有潘人庸、姚肇亭等，都是当时的专家。他们利用职业外的时间兼课，师资水平很高。我读的这个工程班有实验课，这是大家最感兴趣的。上课时，每人发一堆零散的无线电零件，一块焊接用的底座，根据教学进度，由浅入深装配成收音机、发讯机。从电路板上听到自己装配的一串零件竟然放出了声音，那份高兴真是无可名状。要知道这是四十年代，无线电还是相当神秘的特殊机器呢，所以这个短训班我一直坚持到结业。

除了无线电，我还曾热衷于做化学实验。在我的整个初中时期，我家三楼扶梯的转角，靠近露天的晒台，有个小柜和一只横面敞开的木箱，中央做一隔板，算是器皿柜，那就是我的小小化学试验角。我依照隔壁六十三号顾均正先生的《少年化学实验手册》、配套的《少年化学实验库》的药品和简单的化学器皿，按部就班地做着自己的实验。实验离不开水，而三楼晒台正有一只自来水龙头，用起来甚为方便。但我这化学实验仅断断续续做了两年多，因为我的兴趣主要仍在无线电方面。

上海沦陷前，因经济虚假繁荣，私营电台大量增加，度盘上密集排满了电台。所播节目如评弹、京剧、地方戏曲、滑稽、歌曲等，听众很多。到日寇进入租界，这些私营电台立即遭封，整个上海只剩几家敌伪电台和法国、苏联两家电台还在播出。居民家中凡有收音机的，都需去登记备案。登记的范围后来甚至包括仅能收听到几公里电波的简易式矿石机，可见其监控之严厉。

抗战胜利了，电讯方面开禁，市民端出藏在角落里的收音机，光明正大地收听新恢复的当地的广播电台，连短波也可以自由收听了。

这时，无线电爱好者们也仿佛突然苏醒了似的，个人业余无线电台如雨后春笋般纷纷开设。我这个无线电爱好者自然也蠢蠢欲动起来，要自己搞个电台，又一时不知道该向谁申报设台的手续。后经许毓嘉先生的指点，向上海的业余无线电协会提了申请。之后，经考试合格取得了C1CYC电台呼号的执照。这样，我便进而开始了业余无线电台的活动。为了提高发射效果，我买了两支长毛竹，从自己的屋顶向北边邻居的屋顶架起一根天线，它横跨东西向弄堂，支在二十八号朋友的房顶上。这支天线称为"齐伯林"式，中心下降两条并行的馈线，每隔一段有小竹棍支着，远看像杂技高空飞人的梯子，十分刺眼。谁知这一来引起国民党当局的注意。有一天来了两个歪帽斜眼的人，也不亮出身份，直冲我的亭子间，盯着机器盘问，气势汹汹。我不敢开罪于这类人物，指着墙上的电台执照解释，直到他们悻悻而去。过了几天，又换了另外的人来查，走的时候，也并不交代什么。我当时正年轻气盛，心想这是合法行为，何可畏惧？仍然我行我素。但过了不几天，一位也搞业余无线电的长辈周其信先生前来，告诫我说："你还在弄无线电呀！"随后我母亲也接到地下党通知：赶紧拆掉机器，停止活动。我只得将它拆了，把接收机送到朋友王忠毅的家里托管。他父亲是开业医师，全家人信奉基督教，不至于受到国民党的注意。其余的机器，都拆卸化整为零，存放到别的朋友家里。但事情并未就此结束。到秋天将临，地下党得知我仍旧被注意，认为离开上海为妥。恰巧许涤新夫妇要赴港工作，便让我跟随同去。许先生恰与我母亲同姓，这样便认了许涤新夫妇做舅父舅妈，就更便于照应了。

　　一九四六年十一月初，我随许涤新夫妇乘船出发。到达香港后，先临时住在跑马地半山的培侨中学里，几天后舅父舅妈迁往离校不远的景光街二十八号楼下，把我留在校内念高中一年级。这个学校的校长是叶廷英，有许多地下党员在那里当校务和教师，是一所思想进步的学校，所以有些文化人士放心地把自己的孩子送来入学，如夏衍的女儿沈宁、廖承志的侄女李湄、闻一多的儿媳张国男等。香港的私家学校英文比较深，我跟班有点费力，其他如国文就不如内地。学生没有走读的，一律住读。每餐包伙，菜肴一律。男生饭量大的，可以添蒸自备香肠一支，开饭的时候领取。但是一到开饭，炊事员在忙乱中分发，谁也吃不到自己购买的那一份，那些富家子弟便明显吃亏，他们的鹅肝肠、瘦肉肠，眼睁睁地看着被别人在嚼食，也无可奈何。校园外沿是公路，可以看到一个足球场，节假日常有球赛，我们居高临下观战，看过多场重要比赛，如名将铁腿戴麟经、门将贾佑全上场与洋人队鏖战，看得同学们个个倾倒陶醉，凡我方进球，无不欢呼雀跃。那时的比赛可观性似乎较强，裁判也公正。

许涤新夫妇住的地段靠近山林道，环境较幽静，我假日经常去他们那里。房子很狭小，总共不足三十平米，仅有一个小客厅和一间卧室。生活用品很缺乏，我似乎还送过一只热水瓶。虽然许舅舅是我党在香港财经方面的负责人，手里进出大笔党的经费，但他们自己的生活费极为菲薄（按那时的规定，"港工委"属下的干部，每人每月伙食费仅有四十港元，零用钱十元，房租公家付——录自许涤新《风狂霜峭录》）。他们的大孩子"小火车"患了脊椎结核症，相当严重，但缺钱治疗，拖延了半年，最后还是靠了几位朋友凑的四百元钱，得以勉强送医院做手术。可惜由于术后营养失调，骨瘦如柴，以致背椎畸形，造成终身佝偻。但他虽残疾却有着极顽强的生命力，从小学一直读到科技大学。他们一家这种共产党人的艰苦朴素、严于律己的道德风范实在值得后人学习。

在香港期间，我曾与几个培侨同学，到浅水湾萧红的墓地凭吊。墓地近海滩，立着一块小小低矮的木板碑，上面写着：萧红之墓。对于这位热情的天才的阿姨，当时我虽然年少，她来我家时的音容笑貌仍记忆犹新，伫立她的墓前不禁怆然生悲，随即拍摄几张照片留念，至今还保存着。

在培侨读书虽然很好，但等到第二年开春，香港空气的湿度对我的气喘病却不适合，难以在那里坚持读书了。再说离开上海已经半年多，我头上的"小辫子"也该剪脱了吧；又看到形势尚称平稳，便于一九四七年春离开培侨学校，搭乘美国商船"美琪将军"号回到上海母亲的身边。这是我又一次因病被迫辍学。

关于我的无线电爱好，还有一段插曲值得一说。那是抗战胜利后，母亲参与并负责《上海妇女》杂志的编辑工作，认识了姜平、朱立波、朱文央等多位妇女界活跃人士。其中朱文央的丈夫蔡叔厚，大家称他老蔡。他在福熙路四百一十七号（现延安中路三百七十九号）开了一家名为中国电工企业公司的中小型电器修理店。店铺有两三个门面宽，工场分楼上楼下，下层专门修理电器马达之类，工人和学徒有十多个，还有几台车、铣、钻、刨小型机械。母亲还是出于那样的考虑：既然我那么喜欢搞无线电，又不能坚持上课读书，不如去当学徒学修电器，学到本领又能挣钱。她向朱文央讲了这个愿望，朱回复说老蔡答应了，过几天就让我去。可是后来又告诉我不能去了，也未解释理由。我虽不满意，也只得忍下。直到近几年，才从一篇文章中得知，老蔡开的这家公司原来是新四军依靠的一个电器材料和无线电零件采购点。我若进去，必然引起国民党当局注意，它的安全将会受牵连。所以估计这事是被老蔡的上级刘少文、潘汉年同志劝阻的。要不然，我此后的生活道路，也许是另一种样子了。

周海婴（1929—2011），鲁迅和许广平仅有的儿子，一九五二至一九六〇年在北京大学物理系学习，一九六〇年起在国家广电总局工作。原国家广电总局副部级干部，无线电专家。上海鲁迅文化发展中心理事长，中国鲁迅研究会名誉会长。

李国涛：

# 亲爱的陆承勉老师

在我将满八十岁的时候，忆及中学时代，就不能不想到一位语文老师陆承勉先生。那时候，学校里的习惯是称老师为"先生"的。我说我不能不"想到"，用词不太准确。我是止不住地回忆他，感念他。我还禁不住在他的名字前面加一个我极少用的词——"亲爱的"。因为陆老师是我在语文方面的启蒙老师。后来，我进入山西社科所和山西作家协会从事编辑工作以前，先做过十年中学语文教师。其实我高中尚未毕业，能承担这样的工作，都是陆老师给我打下的一点底子。说来惭愧，我当教师的那十年，也就是由一九五三至一九六二年间，语文教师的素质已不算很理想了。我记得那时学校安排工作，有几个什么都不会干的人，什么也教不了，最后领导说："那就教语文。"我就是这样的人。因为那些年学校迅速增加，又"跃进"，需要人太多，要求不能太严。那时真是无所谓什么教师素质的。可是我当学生的时候，教师素质可不是这样的。

　　我说的是一九四七年到一九四八年间的事。那是一个很可怕的年代。而那时我正在徐州，那可是淮海大战的中心。那里真可以说是战云密布。但也不要以为在徐州就是炮火连天。不是。我后来才慢慢明白，什么叫作"战略要地"。徐州就是一个战略要地，但仗都在徐州百里以外的地方打，打完了，该胜的胜，该逃的逃。在徐州市内，只听到炮声的闷响，看到国民党部队的伤兵。我们学校里也驻过一阵兵，时间不长；在后操场里架过炮，但没有开过炮。那时候学校的师资极好。一九四五年抗战胜利后，有许多由后方来的教师、学者、大学生，想往京、津、济南、青岛或东北一带去，走到徐州，铁路断了，连去济南也不通车。他们只好在徐州找个教书的活儿，先过下去。那时候，我们的江苏省立徐州中学，真是人才济济。

　　陆承勉老师在那里立住脚，受到欢迎，也不易。他可真算是一位好的语文教师，是素质高的语文教师。从高一到高二，我的语文都由陆承勉先生教。陆老师毕业于大后方的武汉大学中文系。也许当年他的老同学还能记起他。他的语文功底很好，当然他也称不上专家。他的语文功底的强项在古典，在知识。回想起来，他的写作能力可能并不强。比如，在学校里的语文老师里和英语老师里，当时和以后，在报刊上发表过散文、小说、翻译作品的就有几位，而陆老师却没有。每个人都有自己的强项和弱项，这是自然的。但总体的学问却不能少，而应比较全面。陆老师给我们讲过拜伦的长诗《去国行》，那是苏曼殊译的，据说经章太炎润色过，声情俱茂，极其感人。那是一篇"补充教材"，油印的；我不记得为什么要补这么一篇，也许是他喜欢吧。他一面读苏曼殊译诗，一面还把拜伦的原文也抄写在黑板上，我们跟着抄。所以我现在除背译文外，还能背出原文的头两句。我前些日子与老同学联系，谈及此，他说他也能背下几句原文。陆老师的神态也如在目前。他的英语发音很生硬，但也还能应付。我以为这也是语文功底的一部分。

那时正在淮海大战的前夕，徐州可以说是兵荒马乱。学校里架起大炮，沿校墙的大树都被锯断。说来也巧，那时的课文里就有鲍照的《芜城赋》和庾信的《哀江南赋序》。这都是记战乱中的荒凉。我记得陆老师有腔有调的朗读，加上深沉又苍凉的讲解，真也有些令人心碎呢。我们几个走读学生，在下午放学回家的路上，就都试着背课文。这两篇都是名文大作，用的典故也多。现在，其中的典故我已经记不清了，但是还能片断背下它的某些句子，像"日暮途穷，人间何世"，像"千龄兮万代，共尽兮何言"。我读到过学者刘绍铭的《文字岂是东西》，谈当前的中国语文教育。作者在海外当教授多年。他说："提高学子语文水准，除了复古，别无他法。"那讲的也许过了一点，而且是针对大学生讲的。中学生未必要如此，但中学教师实在是可以如此的。我偶翻中学生的语文课本，发现现在的课文也真是这样的了。

我说过，我没见陆老师发表过文章。但是按当时的说法，他的"笔下"，也还是蛮漂亮的。那时学生作文要用毛笔抄写，老师也要用毛笔蘸红墨水批改。他的书法挺老到，平常不批作文，临到作文课前一二日，再熬一个通宵批改。他批得认真，且有感情，也见文采。他欣赏我的作文，这对我很有促进作用。我记得有一次用文言作文，他在我的作文后面批了长长一段，其中有一句云"文言亦复跌宕，真长才也"，我到现在也不知什么叫"长才"，但我很得意，竟然一直记了七十多年。可见一位好老师的评语，真能叫学生记一辈子。当然这种评语，老师要用心写，而且有能力写好。他善用"之乎者也"，铿锵有力。那可不是人人能写得出的。他的强项在古典。但他自己并不是酸老夫子。他网球打得很好，下过工夫的。他对当代话剧也有兴趣。当时校里演话剧（张骏祥著《万世师表》），他就有兴趣来当导演，因为我也演了一个角色，所以与他有些课外的交流。《万世师表》是写抗战中一所大学的迁校，写教授和学生的。按年龄，他该是那里面的学生一代。他导演，我就感到他的体验是很真的。戏剧是文学的一种，这也可以表现出一位教师的整体素质。

那时候的教师是那样穷，几乎无法养活全家。陆老师的孩子多，夫人没有工作，日子很艰难。这位先生是守着孔夫子的"君子固穷"的原则，不作"穷斯滥矣"的下三烂。我们以前批判过这种知识分子的"假清高"，其实，在穷困中，那点清高并不假，实在是可贵的。这是题外的话。他只在他自己的学生和文学辞章的天地里生活，这份清高在当时没有多少。记不清是哪一年的寒假前，班里有人集同学的捐助，给陆老师买一袋白面送去。原担心他不收，但他收下了，也许因为那是弟子们的心意。不知他当时心里滋味如何。他爱喝点烧酒。酒后偶有的一点狂态，就是在夜晚高声读什么古文古诗之类，同院邻居都能听到。我是听他们说的。这好像是所谓"喝烧酒，读离骚，方是真名士"的体现。总之，他是文人也。学生们在这方面也明白着呢。有时，见他两眼充满血丝，学生们知道，不是昨夜未眠，就是喝烧酒多了一点。那年头，他能没有郁闷和痛苦？

陆老师是我终身难忘的语文老师。上个世纪五六十年代我回徐州时，还多次拜访过他。他还是老样子，见到老学生十分亲切，问长问短，还开几句玩笑。有时他眼里还有红丝，不知是否还熬夜读书，或者还喝几盅烧酒。陆老师并没有活到我现在的年纪。陆老师如活到现在，也该有一百岁了。现在，他只是活在我的心中。不是活在我一个人的心中，而是活在我们一班学生、几届学生的心中。

李国涛，一九三〇年十一月生，江苏徐州人。一九四八年毕业于徐州中学。一九五〇年参加工作，历任中学教师、山西省哲学社会科学研究所《学术通讯》编辑、《汾水》编辑部副主任、《山西文学》杂志主编、山西省作家协会副主席，研究员。

马嘶：

# 蓟运河畔的难忘岁月

一九五〇年秋季，我在家乡河北省丰南县读完了初中，考入河北省立芦台中学（今天津市宁河县一中），一九五三年毕业后考入北京大学中国语言文学系。在芦中度过的三年时光，让我终身难忘。在这里，我初步确立了一生从事文学事业的志向，也打下了能够考进名牌大学的学业基础。可以说，三年芦中生活是我漫长人生之旅的准备阶段，而这个准备阶段是如此的充满迷人魅力，以至使我回忆起来就激动不已。如今，离开芦中已经五十多年了，每当乘车路过芦台车站时，我还总是情不自禁地向着北方瞭望，希望能够望见母校的身影。

那时是新中国成立之初，国家还很贫穷落后，生活中的一切还不能尽如人意，作为宁河县城的芦台还是个带着乡野风味的滨河小镇。而矗立于东大营旷野间的省立芦台中学，虽然尚显朴陋平庸，但在当地居民和莘莘学子眼中，她已是个雄伟壮观、颇有些现代气息和媚人风采的"庞然大物"了。因而，走进这所学校，我由衷地产生了一种幸福感、神圣感和自豪感。

从家乡的县立初级中学走进这所闻名遐迩的省立完全中学，宛若从家乡那条窄小弯曲的煤河忽然来到水势浩荡直通海河的蓟运河，眼前的世界似乎宽广了许多。

来到芦中，我最感兴趣的是藏书甚丰的图书馆，有着许多实验仪器、生物标本和显微镜的科学馆，还有摆着大钢琴的音乐教室。当然，最让人高兴的是这里有许多学识渊博、教学经验丰富的老师。再加上校园后面有一条常有白帆漂过的宽大的蓟运河。正是这些，这所学校成了有着强烈求知欲的学子们心之所往之地。

一所名校总是有其自身优长的，这大抵表现于教师优秀、设备精良、图书丰富、校风严谨等诸多方面，新中国成立初期的芦中已基本具备了这些条件。

芦中有着强大精锐的教师阵容。校长赵迈是位老教育家，他读过厦门大学和香港大学，是河北省政协委员。老师们有不少是从京津和各地聘来的，他们有的原在大学里任教，有的是在北京的著名中学里教过书。我在校时，教高中语文课的李谷贻、汤际亨老师都是老北大国文系的，是鲁迅的学生。英语老师周寿岑是北京师范大学英语系第一班毕业生，长期在北京各中学任教，年老时才回家乡芦台。另一位英语老师张简夫，原是北师大副教授。教大代数的老师是北大数学系的，教立体几何的老师毕业于清华，教化学的曹岳鹏老师刚从上海圣约翰大学毕业，物理老师王化茂不久去了北京师专，生物老师王鉴举教完了我们的课就去了河北农学院（今河北农大）任教。

使我受益最多的是李谷贻、周寿岑、曹岳鹏等几位老师。

李谷贻老师是从北京来的，他的家住在北京。他学养深厚，思想观念又很新。他讲课时，时常联系当前的文艺实际。他是北京大众文艺研究会会员，很注意研究民间文艺。他对我说："你喜欢文学，应注意学习群众语言，要搜集、研究民歌、民谣和谚语。"听了他的话，我便开始搜集民谣、谚语。我从家乡搜集的表现旧社会妇女苦难生活的民谣《篷子车》，就发表在中国民间文艺研究会主办的《民间文艺集刊》第二辑上。

周寿岑老师那时已年过花甲。他讲课很是严谨，对学生要求极为严格，考试能得上七十多分就很不容易了。他选用的教材是上海出版的一种英语读本，内容较艰深，课文中有英国作家的随笔、论说文，也有高尔基等人的短篇小说。当时我班兴起了一股英语热，我们住宿的同学早晨起来就背生词，朗读课文，还捡了粉笔头到教室黑板上去书写。我买了一本英文小说《莫特先生在法国》（*Mr Mott in France*），在课余时间翻着英汉词典来读，有不懂的地方就去问周老师。记得为了一个Lip-stick，查遍词典不得其解，周老师抱着一本又大又厚的《韦氏大词典》，说这是最权威的词典，告诉我这个词是"口红"。他的教学使我受益匪浅，考大学时我的英语也得了较高的分数，并且养成了爱好英语的习惯。

曹岳鹏老师大学毕业就到芦中来了，一来就担任我们的化学课老师。我的化学课成绩平平，但他同我的关系却很好。也许他也喜爱文学，因而很能同我说得来。临近高考时，在选择报考志愿时，我曾一度动摇不定，他找到我，劝我报考文学专业，我这才下了决心，报考北大中文系。我到北大后，他曾乘去京之便，专程到北大去看我。

王鉴举老师给高一上生物课，他在我们班上建立了动物、植物、昆虫三个研究小组。我自幼喜欢研究昆虫，就参加了昆虫研究小组，常常拿着捕虫网到野外去捕捉蝴蝶、蜻蜓、甲虫等，回来到科学馆里制作标本。一次，王老师在学校附近看到了一匹死在田间的马，便把死马弄了来。他指导同学们解剖了马，精心制作了一副马骨骼标本。他亲自动手操作，同学们给他打下手。用了很多课余时间，终于完成。标本陈列在科学馆里，这是我们生物课的一项成绩。我还常常在星期日，在蓟运河边观看水中的游鱼，观察到一种小小的河蟹成群爬上河岸，静静地憩息在松软的沙滩上，待到人走近，它们就迅疾地遁入沙中。我对观察、研究这些自然现象很有兴趣。

在芦中，我读了大量中国和世界文学名著，那多是从图书馆借阅，也有些是从同学那里借来的。教导处的林宓老师兼管图书馆，由于常常借书看，我就同他相熟了，便享受了特殊待遇，可以直接到书库里去挑选，我也就三天两头去借书。"五四"以来的新文学作品，欧洲十九世纪的文学名著，我读了不少，读得最多的是俄罗斯的屠格涅夫、列夫·托尔斯泰、契诃夫、高尔基的小说，也读了普希金、莱蒙托夫、涅克拉索夫的长诗和短诗。我还读了一些文学家、科学家的传记。在图书馆，我翻到了一本法国明兴礼的《巴金的生活和创作》，还有一本外国人写的《笑之研究》是个很老的版本，似乎从没有人借阅过，我都借来读了。

在芦中，我认识了几个爱好文学的同学，大家不同班，却常在一起谈文学，交换读书心得，探讨写作投稿等事。那时，我常常给报刊投稿，做了《河北文艺》《河北日报》《河北农村》的通讯员。我的一篇反映飞机灭蝗新事物的短篇小说在《天津日报》副刊发表后，校长在大会上表扬了我，我就在师生中小有名气了。我得了八万元（旧币，即后来的八元）稿费，用四元买了两支口琴，一支送给了同班要好的同学鲁天钧。从此，我的作家梦做得更美妙了。

我为实现自己的作家梦而不懈地努力着。星期日，如遇集市，我常一个人到熙攘的人群中或河边码头去观察生活，在小本子上记录劳动人民生动的口语，积累写作素材。学校组织去高里区农场参观，在那里，我第一次看见苏联生产的联合收割机，觉得很是新奇，回来便写了诗。镇反运动时，一次，我们参加县里召开的公审大会，我被派到台上做记录，亲耳听到穷苦百姓血泪控诉一个杀人魔王的罪行，心有所感，便在暑假里创作了一部长篇叙事诗《血泪河》。

一九五一年读高二时，我从图书馆借到一本巴金写于一九三二年的中篇小说《砂丁》，读了这篇描写锡矿工人（被称为"砂丁"）悲惨生活的作品，我感到震惊，心痛欲裂，并产生了许多困惑：这是在什么年代、什么地方发生的事？"砂丁"们为什么任人宰割而不反抗？这样的生活是真实存在过的吗？于是，我鼓起勇气给巴金先生写了封信，提出这些疑问。记不得是怎样写的收信人地址了，反正也不存多大希望，不知他能否收到，收到后能否回信，信寄出后也就淡忘了。不意在十月的一天，见学生信插中有我的一封信，信封上印着"平明出版社缄"几个红色铅字，地址是上海汕头路八十二号。拆开信看，竟是巴金先生写来的信。巴金回答了我提出的几个问题，并说"这小说是凭自己的想象和朋友们告诉我的一些情节写成的"，"这小说是失败的作品，绝版已有四年了，想不到你却在最近见到了它"。巴金先生的信使我明白了一个原本浅显的道理：文学是源于生活，但也不回避符合生活真实的虚构。巴金先生的这封信我一直珍藏着。

在芦中毕业时，正是我国第一个五年计划的肇始之年，社会主义建设需要大量专业人才。那一年，高校招生人数超过了历史上任何一年。全国高校计划招生七万人，实际招生八点二万人。这个数字当然与今天是不可同日而语的。那时，工科是热门，尤其是地质勘探、钢铁、石油、采矿、水利等更是热中之热，我班同学大多报考这些专业，也大部分考进了刚建立不久的所谓"北京八大学院"。我兴趣广泛，除了热衷于文学，也对生物、天文、气象、考古、音乐等怀有兴趣。我想做个文学家，也想成为生物学家、天文学家、气象学家、考古学家、作曲家。进入高三以后，大家都商量着选择报考专业，我的心里也是七上八下，一时举棋不定。我有多种爱好，偏偏不爱大家争相报考的工程技术。我只在文科和纯自然科学的专业中考虑。我给南京紫金山天文台的张俊德（他原是小学教师，因发明了一种观测天象的仪器，调到天文台工作）和南京大学气象学系都写了信，询问那里的情况，他们都复了信。那几个月中，我一直动摇于报考文科和理科之间。那时报考大学不分文、理科，一律考中学学过的八门课，考生可以任意填报专业和学校。

到了临近报考时，曹岳鹏老师找我，对我说："根据你的志趣和条件，你应该学文学，你有很好的基础，学文学对你更合适。"他以过来人的身份，向我讲述了这样的道理：选对了专业，可以学得好，事业上有成就；选不对专业，便难以学有所成。听了他的话，我便决定报考文学专业。那时是先报名，填写志愿表，然后才参加考试。我填写的第一志愿是中国语言文学系，第一学校是北京大学，第二是南京大学，第三是北京师范大学。第二志愿是生物系，学校仍是这三个。结果我以第一志愿被北京大学中国语言文学系录取。

让人怀念的还有芦中丰富多彩的文艺生活。学校每学期都要搞几次大型文艺晚会，多是演出大型话剧。在记忆中，由老师和高三班合演的《雷雨》、高三班演出的《大榆林》、我班演出的《思想问题》《爱国者》都是很受欢迎的，我班演出的两个话剧，我都扮演了角色。周末常有歌舞晚会，也有交谊舞会。舞会主要是由老师和高年级同学参加的，同学们多是去观看。

这些往事已经离去很久了，但它们却总是能够引起我美好的回忆。

马嘶，原名马守仪，一九三四年十二月生于河北丰南县农村，一九五七年毕业于北京大学中文系。曾任《唐山文学》主编，唐山市文联主席。中国作家协会会员，国家一级作家。

林 希：

# 迈进人生之门

少年时代，心潮澎湃，年龄只有十四五岁，却以天下为己任，虽不能负起救国救民的重担，但至少也想找到一条富国强民的道路。

开始走进中学大门，是在一九四八年。也是我生性不安分守己，不肯按部就班地读书，那时候学生们以"跳级"为能事，我更是"跳级"狂热者，总想着初中二年考高中，高中二年考大学，最后哪个学校的《毕业同学录》上也没有我的名字，我成了一个"学漂"。

就算是"学漂"吧，书总是读出来了。我们那一代中学生，中学时代要学到三种本领。第一个本领，写得一手好字，虽然算不得是书法，至少得"入帖""出帖"，大庭广众，操起笔来敢"刷"，还不是画螃蟹。第二个本领，精通古文，不光是能够读懂古文，还要能够使用古文做文章。一篇古文，就是《古文观止》里面的文章，不光是读懂，还要从正论、反论写出文章，字数要和原文一样，也是文言体。不知道现在的诸位学子有没有这样的能力。第三个本领，精通外语，那时候不等中学毕业，上到初中，就能读英文小说了，《一千零一夜》《莎氏戏剧本事》之类的通俗读物，我们是在初中时期就读过原版的。一九四九年，一些外国侨民申请离开中国，到政府机关办理手续，大多是请一个普通中学生去做翻译。

如此，大家一定会想：那时候你们一定是死读书吧？你们的书包至少也会有上百斤重吧？

差矣。

我们那时候，学习生活非常轻松，没有人请家教，也没有补习班，就是上课，也吊儿郎当。读书嘛，那是触类旁通的事：中文课，老师讲了一篇《古文观止》，后面的几十篇就不必再等老师讲了；数学课，老师讲了一个公式，下一个章节，自己就明白了。一个字一个字，一个公式一个公式地只等老师讲，累死呀？

最最重要的是，那时候，一考进中学，就觉得自己迈进人生之门了。人生之门的最大特点，就是独立思考。

初进中学，年龄尚小，虽然不懂政治，但看到国民党统治后期的种种社会乱相，也感受到历史已经处于大变革的关键时刻，一个人民民主的新时代就要到来了。

中学里的读书生活非常活跃，那时候没有电视，没有游戏，看电影也很少，学生除了功课，就是读书。那时候中学生们的课余生活很丰富，我读书的中学里就有好几个读书会，我参加了一个名为"老黑奴读书会"的课余读书组织。

我参加的老黑奴读书会，新中国成立后才知道是共产党地下组织"青联"的外围组织，参加老黑奴读书会，不需要审查，有同学介绍，爱读书（自然是爱读进步书籍），都可以自愿参加。

读进步书籍，是那时候的社会风气，那时候学生不读武侠、言情小说。现在常听人们谈及新中国成立前青年人的读书生活，说宫白羽、刘云若拥有广大的青年读者。其实，那时青年人不读宫白羽、刘云若。在学生中间，热衷于宫白羽、刘云若小说的，多是一些不求上进的大龄学生，即使不求上进，他们也只是偷偷地读这些书。

新中国成立前，几乎家家都订《大公报》。天津《大公报》上许多文章都深得青年读者喜爱，那时候青年间常常传告，一篇什么文章看到了吗？立即找来报纸。披露国民党政治腐败的文章，文笔犀利，立论确凿，读过果然豁然开朗。除了报纸上的文章，同学间更传阅着进步书籍，著名的《西行漫记》，就是那时候读到的。记得将这本书交到我手里的大同学再三嘱咐我，一定不要外传，而且限定时间，第三天一定要交还。

上世纪四十年代，中国思想界更是分外活跃，一代作家的伟大作品，引导少年人走上启蒙道路。我们初读鲁迅，不可能对鲁迅作品有多深理解，但鲁迅先生"于满纸仁义道德间"发现了"吃人"二字，却教导我们和封建主义彻底决裂。而鲁迅先生"救救孩子"的呼唤，更激励我们走上独立思考的道路。鲁迅先生是我们的精神偶像，鲁迅精神教养了我们那一代少年。

至今，我为自己终生崇敬鲁迅先生感到骄傲，我更为自己能够沿着鲁迅先生指引的道路迈进人生之门，感到幸运。对于今天一些人诋毁鲁迅先生的行为和言论，我绝对不客气。一次在北京，和几个疯狂"作家""幸会"，谈话间他们大肆诋毁鲁迅先生，我当场就站起来将他们一通痛骂。我对他们说，如果不是鲁迅先生"救救孩子"的呼吁，你们现在可能还是一群"或者做奴隶，或者做奴隶而不得"的群氓。你们今天能以作家的身份招摇，哪一个不是鲁迅先生拯救出来的孩子？

健康的读书生活，不仅使我们获得知识，更重要的是使我们认识了社会，懂得了一点历史。学生们组织的读书社团，凝聚着不同兴趣的学生，在我参加的读书会里，有许多人对苏俄小说有浓厚兴趣。我们一起研读托尔斯泰，一起研读契诃夫，甚至研读高尔基，对于社会发展未来多少有了一些清醒认识，通过研读苏俄小说，我们进一步接触革命理论，我们更偷偷地读过《震撼世界的十天》，由此，也知道了十月革命的过程。

一九四八年秋冬季节，解放战场频频传来胜利消息，学校里除了极少数反动学生之外，大家都为即将到来的新时代欢欣鼓舞。也就是在这时候，共产党地下组织开始向解放区输送进步学生，我因为年纪太小，没有被输送去解放区，但是对于几位大同学的去向，我们都是知道的。后来，天津解放，这些同学进城后接收地方政权，成了军管会干部，让我羡慕了好大一阵。

一九四八年没有去解放区的同学，后来参加革命的热情更高。天津解放第三天，我们去学校，才走进校门，就听见后面大操场上锣鼓喧天，匆匆跑到操场，正看见解放军战士和我们同学在扭秧歌，我们小同学腼腆，站在一旁看，解放军战士招呼我们参加进去，一起扭秧歌。同学们扭着秧歌，学唱进步歌曲，记得我们学会的第一支歌是"正月里来是新春，家家户户挂红灯，猪呀羊呀送到哪里去，送给亲人解放军……"

学校复课，掀起了报名南下的热潮，军管会贴出布告，欢迎青年学生参加南下工作队，还解释了南下工作队的任务、性质、参加条件。我那时候只有十四岁，也不问够不够条件，抢先就报了名。就在等着批准的时候，人家南下的同学开始离校了，只有我们几个小同学还在等着南下。

没参加成南下，看到报纸，革命大学、华北大学招生，华北大学招生要求起码十八岁，我们自知不够条件，革命大学条件宽些，我们几个小同学就凑一起去报名。革命大学报名处在现在的河北路，很是走了一段路，终于找到革命大学报名处。报名处几位军队干部向我们问："你们做什么呀？"我们回答："报考革命大学。"干部一听就笑了："你们多大了？"有人说十四，有的说十五，干部听了更觉好笑。一个干部向院里招呼，请他的战友们一起看看今天来报名的小鬼，呼啦啦来了好多人，将我们几个孩子围住，一个干部将我举起来，笑着对我说："小朋友，回去好好读书，等你长大了，再参加革命吧。"就这样，我们几个人被人家一个个抱出来了，抱到报名处门外，解放军干部还问我们："认识回家的路吗？"

六十年过去了，回想我们这一代人走过的道路，心中充满着骄傲和自豪。尽管我们没能做出惊天动地的贡献，但我们无愧于伟大的时代，我们为拥有忠诚执着的理想而感谢生活。

林希，原名侯红鹅，一九三五年生于天津。师范学校毕业后，曾经做过教师、编辑。一九五五年受"胡风事件"株连，被定为"胡风分子"，一九五七年又被错划为右派分子，从此被送往工厂、农村、农场劳动，种过地，挖过河，做过清洁工，勤杂工。十年内乱中更被触及心灵，触及皮肉。一九七九年右派错划得到改正。一九八〇年重新回到文学工作岗位，先做《新港》杂志编辑，后为天津市作家协会专业作家。

柳　萌：

# 中学时代的启示

　　回想成年以后能够做点事，学会用笔倾诉心中的话语，就不能不想到中学时代的日子，因为后来从事的职业，正是从那时起步的。

　　如果按现在要求学生的标准，衡量我在中学读书的情况，我可算不上是个好学生，除了自己喜欢的课程以外，诸如数学、理化、外语等课程，几乎从来未得过高分。中学时代是怎么过来的，连我自个儿也说不清。幸亏那会儿家长管束不严，学校也没有拧得像现在这样紧，不然那会儿我一准得逃学，恐怕连后来的一点知识都会跟我无缘，岂不是白白地混过那段黄金时光。不过也有值得骄傲的事情，我读书的学校是天津一中，在当时是全市数一数二的中学，就是现在在全国也排得上，可以说跟赫赫有名的南开中学齐名。这就使得我的中学时代总还有点光彩。

　　别看这所学校这样有名气，读书环境在当时却很宽松，打个不很恰当的比喻，有点像个百树丛生的林子，什么鸟儿都有可心的枝头栖息。照现在一般人的想法，这样著名的重点学校，应该更看重数理化课程吧，其实并非完全如此，就是所谓的小三门儿音体美，在这里上学时也是颇受重视的课程。别的学校的体育课，每周只上一堂课，这所学校每周上两次，体育不及格照样留级。音乐和美术课也不能马虎。在这所中学读过书的科技人才不少。在一本天津一中同学录中我曾经看到，有许多校友都是国家建设部门的业务骨干。就是文艺体育方面也出了不少的名人，像我知道的游泳健将穆祥豪、穆祥雄兄弟，男子篮球国手白金申，乒乓球国手王志良等，都在这所学校读过书。文艺方面的人才，像著名歌唱家李光羲、已故的话剧表演艺术家金乃千、在《四世同堂》中饰演大少爷的郑邦玉，以及作家林希、赵玫（这所学校招收女学生，是在我离开以后的事情，有次跟赵玫聊天才知道她在一中读过书）等人，他们的事业都是从这里起步的。

我在天津一中读书那会儿，学校里有不少的文体组织，像新闻通讯社、话剧社、歌咏队、篮球队、排球队、田径队等，都给学生提供了活动的机会，更使学生的爱好得到了满足。当时的天津一中，没有女学生，从初一到高三，都是男学生，演话剧的女角色，就由男生扮演。那会儿我不认识金乃千，但是他在天津一中很出名，就是因为在话剧队里，他常常扮演女角儿。爱上话剧演出以后，金乃千报考了中戏，毕了业成为名演员。后来他和我都到了北京，彼此交往也就多了起来，每每回忆在一中的时光，说到他男扮女角的事，我们两人总忍不住哈哈大笑。著名的篮球国手白金申，在一中的时候比我高几个年级，我经常站在操场边看他打球，所以那会儿就知道他的大名，当时全校师生通称他"大白"。现在人们一说起名人来，好像非得全国皆知才算，其实无论大小地方或单位，都有自己心目中的名人。穆家兄弟、白金申、金乃千等人，当时在我的心目中，他们就是一中的名人。他们给学校争得的荣誉，更是让我羡慕不已，暗地里希望有朝一日，自己也像他们那样，给学校做些有光彩的事。

当时，我比较喜欢文学，尤其喜欢诗歌，只要有时间就跑书店，找一两本诗集，抱着在柜台边上看。不需要花钱买，却能长知识，这叫"蹭书"看。艾青、鲁藜、田间、闻一多、戴望舒等新诗人的诗，莱蒙托夫、普希金、雪莱、海涅等外国诗人的诗，徐志摩、朱自清、冰心、巴金这些作家的散文，还有一些翻译的外国小说，我都是这么蹭着看的。看蹭书起码有两个好处，一是不花钱老看新书，二是不像借书那么麻烦，除此而外还有个更大的好处，促使你必须专心致志地读书。当然，那会儿中学里的功课，也不像现在的学校，安排得紧紧死死的，不让学生有个松动的余地。

说起看"蹭书"来，我想起一件事。那会儿天津有位作家叫刘云若，他写的小说大都是城市里的故事，跟我们的生活很贴近，大家自然很喜欢读。有次和几位同学读他一本小说，小说里讲的故事发生在天津马场道一带，我们几个孩子信以为真，几个人一合计，放了学就急匆匆地跑到马场道，寻找书中说的那个红门大宅院。见到一个红门大院就向里扒望，还边看边议论是不是这家，如果觉得不像，又继续往别处找。正当我们几个人趴在地上，从一家大院的红门缝向里瞧时，忽然被人从背后踢了一脚，回头一看是位中年男人瞪着我们。他以为我们是小偷，要送我们到公安局去，我们一边央求一边说明情况，直到我们把一中校徽亮出来，他这才放心地让我们走开。可见那时候我们是多么痴迷于文学。

孩子们都是善于模仿的，一旦有了自己认定的理想，总要悄悄地幻想着实现。我喜欢上诗歌以后，开始并不敢写诗，就先从写小稿学起，心中却暗暗地打算，争取将来当个作家。我把想法说给一位高年级的同学，他就介绍我参加学校新闻社，我想这样也不错，即使成不了作家，当个记者也很好，跟自己的理想不也蛮接近吗？从此，我成了一中新闻社的成员，跟着高年级的同学一起，在学校出黑板报、编油印报，同时向报社、广播电台投稿，课余的时间显得特别充实。

那会儿天津市的中学生，每几年就开一次运动会，一中有开展体育运动的传统，一中的运动员总要拿些好成绩，全校师生就会大受鼓舞。我们学校新闻社的成员，在这时候也格外地来劲儿，学着新闻单位叔叔阿姨的样子，分成记者、编辑、出版几拨儿人，大家分头开展各项活动。我那会儿的语文比较好，尤其是作文在年级中数得上，这时通讯社就让我当小记者，采访运动员，写大会花絮，然后发表在学校黑板报、油印报上，有的还在报纸或电台转发。这样一来，我对写作的兴趣更浓了，促使自己向更高的水平攀登，一来二去地有了努力的方向。

真正想从事文学写作，是在我写了一篇文章，由《天津青年报》发表之后。老师告诉我，这样的文章叫散文，只要经常地写下去，慢慢就会熟悉了。经老师这么一点拨，我心里开了窍，觉得自己还能写，从此，就更加用心了，有意识地朝着这方面发展。只是自己的天分差，而且只想着写作，忽视了认真读书，终成不了大气候。说起来这些年在编辑工作之余，也经常发表些散文随笔，算是实现了早年的理想，但是跟我同时期学习写作的人比，我这些东西又算得了什么呢？我之所以跟同辈人拉开了距离，天分不及人家当然是主要的，但是还有个不可忽略的情况，这就是我没有好好地读书，也就是说，先天的基本素质欠缺，加之后天的勤奋不够，再美的理想，再好的向往，都很难达到自己欲求的程度。

从中学校门走出来，进入社会开始工作，转眼几十年过去了。我由一个风华正茂的少年，成为现在日渐衰老的长者，其间经历多少事情啊。无论是喜的是忧的，无论是大的是小的，有许多事情让我激动过，但是最让我感激不尽的，莫过于中学时代的生活。这一段生活的时间，其实并不是很长，然而对于人的一生，却有着极为重要的意义，就如同一座房屋的根基，夯实了才会盖起高楼大厦。回想成年以后能够做点事，学会用笔倾诉心中的话语，就不能不想到中学时的日子，因为后来从事的职业，正是从那时起步的。没有最初的爱好，没有学校的培养，就很难成为人才。

哦，中学时代，霞光一样美好，黄金一样珍贵。它是那么重要，然而，又是那么短暂。谁在这时候有个坚定的起步，一生都会拥有享用不尽的财富。谁在这时候虚掷时光，谁就会在今后懊悔莫及。这就是中学时代给我的唯一启示。

柳萌，天津市宁河县人，一九三五年十月生。二十世纪五十年代起，从事文学编辑工作。在政治生活不正常的年月，最好的年华被无情毁弃，人到中年才恢复平静。重新走上编辑岗位后，曾在乌兰察布日报社、工人日报社、新观察杂志社、中国作家杂志社、作家出版社、中外文化出版公司、小说选刊杂志社供职。现为《小说选刊》杂志顾问。

陈漱渝：

# 嗜好的读书
# 主动的学习

　　"嗜好的读书"，见诸鲁迅《三闲集》中的《读书杂谈》。这位大师在文中说，读书有两种：一是职业的读书，比如单纯为升学、为就业而读书，往往很被动，有时还很苦痛，很可怜；二是嗜好的读书，纯粹出于自愿，出于兴趣，是在做一件爱好的事情，这样就很主动，好比有人搓麻将，天天打、夜夜搓，感到一副牌里蕴藏着无穷的变化，从中能享受到无穷的乐趣。我在湖南长沙雅礼中学读书期间，对语文课的爱好就好比赌徒爱麻将，有一股即使"被公安局捉去了，放出来之后还要打"的劲头。

　　雅礼中学是一所跟美国耶鲁大学有着历史渊源的教会学校，到今年（二〇〇九年）九月二十九日已有一百零六年历史。校歌唱道："昆仑渤海之间，五千年民族。万里长江大河，助文明发育。地球旋转无停，惜光明易逝。吸取欧美文明，乃吾修素质。东方西方圣人，劝为善则一。悠久博厚高明，惟至诚无息。校中彝训长垂，尚公勤诚朴。君子中日乾乾，集大成可志。"副歌是："经天纬地才能，由学问成就；及时奋发精神，好担当宇宙。"校歌前两段的歌词内涵我并不懂得，但副歌中的这四句话我却铭记了大半生，激励我身处逆境而毫不退缩。

雅礼中学位处湖南长沙，二〇〇九年九月二十九日迎来了她的百年诞辰。因为小学升中学时跳了一班，入学后立马留了一级，所以我在这所名校整整待了六年半。那时家庭穷困，因为交不起学费，开学时常常最后才能领到布制的校徽；数理化又都学得不好，特别是数学，曾多次补考，在"白天鹅"般的学友群中是一只名副其实的"丑小鸭"。只有作文稍微能够给我赢得一点自尊，一点自信，支撑我终于修完了中学的学业。

除了母亲的养育，老师的鼓励和培养对我的成长也起了至关重要的作用。我至今仍牢牢记着了刘浩然、刘佩文、郑小从这三位恩师的姓名。据说郑小从先生是徐特立的弟子，李维汉的同窗。他讷于言，但温文尔雅，国学根底极为深厚，让他给我们这些毛孩子讲课，完全是"用大炮打蚊子——屈才"。他曾经跟我的伯外祖父王启湘同任湖南大学教授，因此对我更多了一番关照。刘浩然先生身材高大，前额宽阔，讲课时声情并茂。他给我们朗读马烽的小说《韩梅梅》，读到动情处，声音哽咽，两眼润湿，学生也被感动得热泪盈眶。后来我也当过十四年中学教师，师承了刘浩然老师的教法，在讲课时十分注重情感灌注，使不少学生从被动型的"要我学"转变为主动型的"我要学"。刘佩文先生跟刘浩然先生风格不同，他身材瘦长，讲课慢条斯理，透过那副跟他的思想同样有深度的镜片，能看到他充满智慧的双眼在不停地闪动。有一次，我以旧中国一位女性的悲剧命运为题材写了一篇小说，写满了整整一个作文本。刘佩文老师认真批改之后，先热情予以肯定，又委婉批评了习作中过于伤感的情调。这个作文本早已不知去向，但我却从此跟文学结下了不解之缘。通过这三位老师的言传身教我懂得了一个道理：在人类之中，"通才"是十分罕见的，因而格外值得珍惜。但不厌弃"偏才"也是一种为师之道。因为在经过改良的瘠土上，同样能够结出果实。

根据我的切身体会，除开接受课堂教育，利用课余时间生动、活泼、主动地发展也是一条成才的要津。在美丽的西雅村，绿草如茵、白鹭成行，绿色的鹭鸶蛋、黄色的银杏果，都给我留下了诗意盎然的记忆。但我印象最深的还是那座别墅式的图书馆。从一位跟西雅村同样美丽的管理员手中，我接过了一册册厚重的苏俄文学名著——这是我最初吮吸的文学乳汁，至今仍给我留下解不开的俄罗斯情结。我还跟几位志同道合者组织过一个文学小组，请刘浩然老师在阶梯教室朗读《阿Q正传》。鲁迅用那柄无形的解剖刀对国人灵魂入木三分的剖析，强烈震撼了我那稚嫩的心灵。毕业前夕，高十七班的我跟两位初中同学（高十六班的李惠黎、高十五班的陈赫）还合办过一期形式多样、内容丰富的墙报。刊名是陈赫起的，叫《鸿雁》，希望能在告别母校前夕一展才华，留下一点好名声。出版者署"南柯社"，是我起的，意思是并不存在这样一个真实的社团，好比"南柯一梦"。我们那时少不更事，表现欲旺盛，锋芒毕露，文章在充满锐气的同时自然也会有偏颇。当时正值"反右"前夕，对于文字和言论难免有些过敏，但作为主编的我可以确认，这份墙报在张贴之前曾送校领导审查，校领导也写了审读文字，作为卷头语刊出。张贴这份刊物时，有很多同学围观。我们当时十分得意，一起哼着陈赫谱写的一首歌："残月西沉，星星儿还在柳梢挂，捕鱼队出了港，太阳升起照渔家……"然而乐极生悲，这件事后来横生枝节，惹出了不少始料未及的麻烦，甚至株连了几位与此毫不相干的校友，如张文简、周慰祖，对此我至今仍怀着深深的歉疚……

回想起来，中学时代使我独立工作能力提高最大的是编辑全校的一份大型板报《五中青年》。记得是高二那年李惠黎拉我参加这一工作的。我负责文字，他负责美编。全校各班都有通讯员，负责人是比我高一年级的女生田莉芸。田莉芸个头不高，留着短发，她的长相可以用"精神"二字形容，性格可以用"内敛"二字形容。跟我不同的是，她不仅文章写得漂亮，而且数理化的成绩也很优秀。我们三人之间配合得相当默契。我保存有一个小记事本，封面印有"中苏友好"四字，画的是天安门和克里姆林宫。这是五中团委和五中校刊编委会给我的奖品，上面写了"关心报刊，积极工作"四个钢笔字。我将这个笔记本作为一种特殊荣誉转赠给我的母亲，母亲在上面记下了很多亲友的地址，作为"传家宝"保存了整整半个世纪。令人痛心的是，田莉芸升入华中工学院之后，在一九五八年"拔白旗，插红旗"的运动中因精神抑郁而轻生。临终前，她将三本日记寄给了我的母亲，上面有这位早熟早慧的少女暗恋我的情感记录，而当时年仅十五六岁的我对此却毫不知晓。母亲看完日记如惊弓之鸟，未征得我的同意就将这三本日记烧了，但田莉芸的面影却像一幅瓷画，经过火的烧炼，却反而更加清晰地浮现在我生命的史册上。

我是一九五七年夏天从雅礼中学（当时已改称长沙五中）毕业的，那年考大学时的作文命题是《我的母亲》。然而我的生父当时在台湾。母亲受其牵连，于一九五五年六月作为"反动家属"被开除公职，直到一九八一年十一月二十七日获平反。当时接到这份作文试卷，我既不能为母亲辩诬，又不能昧着天良写一篇针对母亲的大批判稿，因此在考场上整整愣了半个小时。使我摆脱考场困境的是被誉为时代鼓手的诗人田间的一首短诗《坚壁》：

狗强盗，／你要问我吗：／"枪、弹药，／埋在哪儿？"／来，我告诉你：／"枪、弹药，／统埋在我心里！"

我于是从慌乱中镇定下来，驰骋想象，编造了一个动人的革命故事：我母亲苦大仇深，老党员，抗战时期任村妇联主任。日寇扫荡时她掩护八路军伤员，埋藏枪支弹药。日寇拷问他，她严词斥敌："狗强盗，枪、弹药，统埋在我心里。"于是，恼羞成怒的敌人把她吊死在树上。她牺牲前高呼共产党万岁，成了烈士。我于是成了烈士遗孤，在组织的培养下高中毕业。感谢当时执行的阶级路线，这篇作文得了高分，我因此做梦似的考入了"古老而又新型"的南开大学。如果当时记述一个作为"反动家属"的母亲在生死线上挣扎，我的人生经历肯定会是另一番景象。然而身为人子，硬认他人做母，毕竟是一种罪愆。我感到愧对母亲，一直隐瞒着这件事。如今感到庆幸的是，这种不能如实描写母亲的时代已经结束。一九九四年一月十一日，母亲在平反十三年之后含笑离开了人世。

陈漱渝，祖籍湖南长沙，一九四一年七月生于四川重庆。一九六二年毕业于南开大学中文系。曾任语文教师。一九七六年调入北京鲁迅博物馆至今，历任副馆长、鲁迅研究室主任，研究馆员。全国政协第九、十届委员。

陈学勇：

# 书声歌声还有嬉闹声

　　说起我的中学生活，恍如隔世。如今的少年，怕难以想象那时校园的情景和氛围，我自己也不免疑惑，有过那样的生活么？四五十年前，四五十年之前了……

　　我念的中学，是新中国成立后政府开办的，坐落在市区南部，上海人所谓贫穷的"下只角"，周围净是平房或棚户。学校办在这里，为了方便就近的穷苦孩子入学。她的诞生，时代色彩很浓，人民翻身做主人了，教育要彻底为工人阶级服务，连教学楼也盖成"工"字形，两排长长的教室，拦腰连接的几间是医务室、阅览室。学校的级别定为区重点，各校调集来的教师，要么是富于经验的长者，要么是年轻有为的新秀。他们不止课教得好，而且各具个性。教师有个性是很重要的，可惜许多校长不能理解。教我们物理的朱老师，每次上课只带张小纸片，上面是几行字的授课提纲，内容已烂熟于心，因果关系一环套着一环，那层次感，那严密度，叫我们佩服得五体投地。王老师瘦瘦高高，斯斯文文，课却讲得富于激情，听他的自然地理课，像讲游览，像读游记。陆老师的历史，虽没有什么故事，但条理明晰，议论风生，你油然跟着思索起千年来的得失。另外一位不教我班历史的唐老师，课外讲座为我们讲了一个又一个苏联的侦探小说，《红色保险箱》的扑朔迷离，扣人心弦，记忆至今。才分配来的周老师，毕业于北京师范大学化学系，扎两个刷锅把短辫，衣着朴素。第一次课她早早端着实验器皿等在教室门口，我们以为是帮老师服务的职工。随铃声她站上讲台，竟然不下来了，调皮的同学起哄轰人，她却不恼，甜甜地一笑：

"不要我上课呀？"大家惊讶，立即安静下来。以后周老师时不时地一笑，学生答错了提问，也是这么一笑。除了讲课好，这一笑，使她成为我们很欢迎的特别融洽的老师，像个大姐姐。几年后她随丈夫调到中国科学院研究所，我也考上北京的一所大学，校园距周老师家不远，常在周末去她家玩，总能喝到她现煮的咖啡，满屋浓香。很难忘的还有鲁琪琼老师，她当时年近半百了，操浓浓的四川或贵州口音。鲁老师讲析莫泊桑的《项链》，细腻透彻，一个外国妇人的似寻常又不寻常的经历启迪我们开始懂事。初一还是初二的时候，是出墙报还是为了别的，我仿报刊上的作品写了首小诗《祖国》。稚嫩的抒情，意外地得到鲁老师表扬，这就是我一生与文学结缘的起点。作文得鲁老师表扬，在我是第一次，但也是最后一次。后来我自以为写得更好的作文，像《不入虎穴焉得虎子》，期待着表扬，但一次次落空，反而得到不断的提醒和批评：谨防骄傲，或不要骄傲。当时我觉得委屈不已，现在则感激不尽。不知为什么，我无端地猜测，鲁老师一定出身大户人家，出于什么变故才流落到上海来的。她住西部"上只角"的富民新村，我毕业后几次徘徊在新村大门口，想看望老人，然而记不清门牌号码，只得怅然而归。

那时下午两节课以后便是学生的天下。我们不大见到班主任影子，初中三年常混在一起的是高中学生担任的少先队中队辅导员，记得他姓关。我念的私立小学没有建立少先队，上了初中才戴上红领巾，"六一"那天，一批学生同时入队，学校举行了队日晚会。请来一位少尉军官朗诵《肩上的一颗星》，解放军刚施行军衔制，他的新肩章金光闪闪。少尉嗓音洪亮浑厚，有高有低，时徐时疾。于是我晓得，原来话可以说得这么好听。

我们的课外活动真多，歌咏队，故事会，美术班，文学社，航模小组，无线电小组。还自编油印的小报，用俄文写信给苏联学生——和我通信的是喀山一个技术学校的女生。学校还组织集体看话剧，要好的自发搭伴去看电影。音乐会上表演琵琶独奏的谢家国学长，后来进了上海民族乐团成为演奏家。

学校足球队闻名全市，获中学锦标赛的季军。过关斩将的选拔比赛，我几乎每次都去观战。守门员江永林站在球门前，一夫当关，看过去，要多神气有多神气。

他不晓得，尾随球门边看比赛的小个儿的我是他忠实的"粉丝"。多少年后，江永林把自己的两个儿子送进了国家队，父业子承，还都是门将，一时号称"上海足坛三门"。我在足球场只能当个看客，回到教室编辑黑板报便成了主角。唯恐天下不乱的我，班级里发生一点小事，马上鼓动同学写稿。你批评，我反驳，少年气盛，外加读了点鲁迅杂文，于是语含讥刺，乘机卖弄文采，班上实在热闹过几回。我不避抄黑板的辛苦，更不在乎一身粉笔灰。文章刚抄了个题目，身后同学渐渐围过来。我边抄，他们边看，七嘴八舌地评点，以至笔战演化为舌战。我此时不动声色，偷着乐在心里。好像乱纷纷了，班主任倒大度，并不来干涉。此后我参加了区文化馆的文学社，成员来自各机关行业的干部工人，学生就我一个，年龄最小。《萌芽》杂志举办"三面红旗万万岁"征文，我投了一篇三四千字的短小说《红管家》，编了个城市大跃进办街道集体食堂的故事，编辑约我到杂志社谈改稿，他诧异我竟是十六七岁的少年。我也诧异，小说编辑怎么是位大名鼎鼎的诗人王宁宇，《萌芽》正接连发表他的诗作呢！诗人编小说，我觉得不可思议。小说登出来了，并且目录中用了黑体字，重点推荐的意思，我的兴奋可想而知。稿费可观，我从来没有过这么多钱，这钱要用得有些纪念意义才好。想了好多天，想了好几个方案，都不理想。实在想不出了，最后缴给学校财会室付清了拖欠的学费，倒也挺高兴。

不要以为我爱好文学就不好动，才进中学时很顽皮过一段日子。学校西墙外不远是座污水处理站，污水大闸正在改建，挖出二十来米宽几百米长的坑道，准备埋设一人高的水泥涵管。于是我们课后多了一个好去处，正读着关于月球科幻故事和《海底两万里》，实在想当一回探险家，便借这大坑道过瘾。每天盼着放学，三五成群，书包背后一甩，先在涵管上面奔呀跳的，再钻进管洞里面躲躲藏藏，又叫又喊，哪处危险朝哪处冲。碰块瘀青，破点腿皮，全不在乎，顿时生出一股男子汉气概。但更经常的活动还是在校内篮球场上踢"足球"。和我最要好的同学温业淳，一人一边，抢着追着一颗胡桃大的小玻璃球。各自既当守门员又兼后卫、前锋，目标在对方球门，篮球架下的两根脚柱间。我俩像赛大足球的校队球员们一样卖力。球小，鞋底在沙子地的球场挫来挫去，鞋子破了一双又一双。家里奇怪鞋咋坏得这么快，我当然不敢道出实情，找些牵强的理由搪塞，好在大人没有刨根问底。

学校里我最惬意的时候在午饭后上课前，自带午饭的同学多，吃过了，饭盒一扔，你追我打，叽叽喳喳。我们很少留在教室里，留教室的也极少看书，看书也是捧一本小说，没有谁手上捧的是数学、物理课本。两长排教室前面敞开绿茵茵的四块大草坪，我们便是草坪上的"麻雀"，这里唱那里喊。闹腾累了，就地躺下，晒晒灿烂的太阳，眯起眼睛，睨视头边的蒲公英。它们散落在一片绿色里，煞是可爱。或者仰望蓝天，真蓝；凝视白云，真白。云朵浮动，走了，又来。我想到了文学，别的同学大概想到卫星，想到航海，想到哪片云下的大厂房大电站。就是不会去想作业。因作业不多，有足够的时间完成它。二〇〇三年我回母校参加五十周年庆典，足球场和大草坪都不见了，代之以高耸的大楼，是另一番世界了。

我是在这样的环境里汲取六年的知识乳汁，教室明亮，球场宽阔，草坪可爱。终于将飞向新的校园，犹如从秧田移植到大田。填报高考志愿，语文教研组长彭老师动员我："报北京大学！"我哪有这等胆量，认定了复旦大学交了志愿表，不意学校报上去的表格经彭老师手，他还是替我改成北大。彭老师怀有夙愿，我们中学的毕业生没人考上过北大中文系，他决心让我实现零的突破。我大呼不好，死了心地等着进第二志愿的师范学院吧。岂料福星高照，北大中文系开门接纳了我。卢湾中学改变了我人生航向，要不是彭老师代我做主，不知我以后将会行进在另外一条什么样的人生旅途。

陈学勇，教授，作家。一九四三年生，一九六八年毕业于北京大学，今任教于南通大学文学院。江苏省中国现代文学学会理事，江苏省作家协会会员，杂志专栏作家，八、九届南通市政协委员。

张建智：

# 悠 悠 的 思 绪

　　关于中学时代的生活，许多东西大抵已经忘却，因为，我不太愿意沉湎于那些已经过去了的事，往往喜欢想些未来的东西；尤其是那些往日的细节琐事，几乎似断线风筝般收不回来了，兴许有丝丝缕缕的意绪，也被强劲的现实之风吹跑了。

　　我上的那所中学的属地，在明清时代，就已经以出口丝绸为主业成为江南最发达的市镇之一。在近代历史上，是一个城市化很发达的地区，在经济、文化、生活等方面对其他江南市镇也有着巨大的向心力。而开办这所中学的，便是从这个江南小镇走出去的一位民族资本家。由于得天独厚的历史地理环境，对外贸易口岸的优势，还有办学人强大的资本实力和自身中西结合的文明素养，使得我就读的这所中学，在江南一带格外令人向往和引人瞩目。

　　中学时代，虽仅只是漫漫人生的一个小小片断，但那最年轻的生命，无不似梦、似痴、似醉地记录着我们的曾经。而那些曾经哺育我们成长的老师们，更让人永远铭记。

还记得中学校门前那条潺潺的小河，如今是早没有了，但那清澈见底的河水不时会悠悠流淌入我的思绪，在宁静的夜读之时，在定神稍稍闭眼的瞬间。脑海中浮现起与我中学生活系联的梦萦般的韵味。那小河水，是从山涧流下来的，似带着山水的馨香，一如我的同乡前辈、曾任过燕京大学校长的陆志韦先生诗中所写："不是星光的晚上/你从竹石的根里呼啸而出。/有零落的野蔷薇/旋转又旋转，一涌一泻而去。"啊，至今几十年过去，那零落的野蔷薇还令我思念不已。

我中学的校园，不远处正拥有一片竹林，每当节假日，我就与许多同学在小河旁、山石竹林里嬉戏。依稀记得，竹林之后，似有一个中国传统的书院，叫"龙湖书院"。厅堂里悬挂着一个阴刻的匾额，一架架玻璃书橱，摆着些线装书，但不知何故很少有人去，似透着些许神秘的感觉。而就在书院的近旁，却有一间小小的音乐室，内有一架大钢琴，琴架上摊着五线谱曲本。我记得有一位姓胡的女老师常在这屋子里弹琴，时能听到悦耳的琴音。正因为这座中学是上海民族资本家办的，自然就融会了中西两种文化在这里并存开花，学校的老师，有留洋回国的，有从北大、清华、复旦名校出来的，他们从各方走进了这座中学从教。记得我们的校长个子不高，腰板挺拔、眉目清秀，同学都说他曾是北大的一位高才生，学生会主席，很有教育管理能力。至今想来，在众多优秀老师中，最令当时中学生的我受益匪浅并影响我一生的，却是一位人称"打赤足"的洋博士、穿西服的"石头博士"，一位不知何故会发落到这所中学，仅当了一名历史教师的著名考古学家——慎微之先生。

当年，他曾经是一位大教授，竟被安排教中学的历史与外语。慎先生的经历对我始终是个谜，但这并不妨碍我们亲近他。课余时，他常兴致勃勃地带我们去野外考古，"家乡也有古人类遗址！"这是他常挂在嘴边的口头禅。真的，学生时代的好奇心，往往会影响人的一生。有好几次他带我们去家中（好像是一所校宿，记不清了）拿出他当年在美国报纸上或杂志上发表的论文，那些洋文我们中学生是不太看得懂的，但他总是极有耐心地用中文解读这些考古的历史知识给我们听。也许，我对考古历史的兴趣，就源于这位石头博士的言传身教。记得我第一篇有关历史考古的小文，就是当时在慎老师的指导下写就的。这少年的"逸兴遄飞"之作，却赢得了他的称赞与鼓励。说真的，整个中学时代，那坐落于湖城郊外的钱山漾，一个新石器时代留下的遗址，犹如一块磁铁，紧紧地吸引着年少的我。每逢假日来临，慎老师总是会带我们几个同学，去那里寻觅先人们曾经用过的各式石器。我们曾无数次跟着他到钱山漾边，脱下鞋子、卷起裤腿，在湖边浅滩地里寻觅着各种古怪的石头。

跟着慎老师"捡石头"就成为我最早的历史实践活动，虽陪伴我们左右的仅是三三两两觅食的白鹭，遮风挡雨的，也只有湖边高高的芦苇丛，但乐此不疲的慎老师依然深一脚、浅一脚和我们一起笑呵呵地走在钱山漾的湖滩上。就这样，我们几位跟着他的学生，总有大收获，常常能捡到石镞、石镰、石刀，每次满载而归。从历史到石器乃或从这捡到的石器到历史，使我这个中学生，认识了作为砍砸器具的石斧、石锛，也认识了破土耕地的石犁。就是这些神秘之器，教会了我认识钱山漾的石器与其他各地出土的石器之不同；慎老师为我们作详细的类比，还常要考考我们，尽管这和历史课的评分毫不搭界。

"你们看我手里拿的是什么地方的石器？"慎老师从背包里随手拿出些石头，叫我们相认。我胡乱地猜了一个，我那时纯为好奇，中学生并没有考古课，历史课本里也只是谈了点皮毛（可能连皮毛也没有）。他却总是很认真地对我们说："钱山漾及其四周必有大量古物蕴藏，你若肯学，我可教你许多，将来也许对你是大有用处的学问！"只是，当时我心里却认为这些小石头有何用呢？

而后，我听一位语文老师说起：早在一九三六年，慎微之先生就在国外发表了重要论文《湖州钱山漾石器之发现与中国文化之起源》，他凭借多年实地调查研究，推断钱山漾是一处大面积的古人类遗址，认定通过考古学手段，不但对于整个人类学有空前贡献，即便是对于史前文化来自西北说，亦不攻自破。慎先生的论文，不仅为当时的吴越古文化争鸣起了推波助澜的作用，也为长江下游新石器时代文化的正名奠定了坚实的基础。慎微之先生曾留学美国宾夕法尼亚大学攻读哲学博士学位，取得学位后回国。不久出任沪江大学商学院教务长，后又任之江大学教育系主任、教授等职。可以想象慎博士留洋归来时的风采：西装革履，外套一件美国兄弟牌的呢大衣，身边还紧跟着一个提箱子的美国秘书。在父老乡亲看来，此可谓慎家老二平生最显赫的一次"省亲"了，确实有些衣锦还乡的味道。

殊不知，新中国成立后，举国上下进行社会主义改造运动，有着虔诚基督教信仰及留学美国的特殊背景的慎微之先生，自然成了改造对象。于是，一位知名大学的教授被发落到一所江南市镇的中学去教书了。但面对不公，慎先生并不怨天尤人。当然，后来我离开这所中学后，有关慎微之老师的许多情况也就不太知道了。他考古上的重大发现，是否会得到世人所重视；他的晚年生活是如何度过的？"文化大革命"的年代，这样一位洋博士，是否遭到了更不公正的对待等等。但从零散和远道的消息中了解到：他的晚年生活，甚为凄凉，一生也没有留下丰厚钱财，没有留下什么著作；甚或还听说慎先生没有留下骨肉至亲，甚至连一张供后人缅怀的照片都没留下……

中学生活只是一个短暂人生片断，水乡田园牧歌般的中学生活，也就如此戛然而止，当离开那所中学后，少不更事的我，对一些老师的境况就无从知晓了。但不知怎的，今日，当我重新回忆起中学时代，乃或今天我要把这段生活述诸文字时，在我所忆念起的老师中，慎微之老师是那样难以忘却。可以说，我对历史、考古学最初的认识，便是这位留美的石头博士所传授的；而如今我对古代文物的一点鉴赏眼光，也是慎先生教给我的。我之所以隔了几十年对考古文化还喜爱，也是他让我产生兴趣的。

如今，慎先生存于博物馆尚有三大本较厚的笔记，竟然是用学生的考卷装订起来的，是他当年野外实地的勘测记录，由他亲自冠名为《考古拾零》《考古要领》《考古随记》《考古备忘》《考古庶令》《石器时期考古要领》《考古勉思》《地下地面文物调查随记》《随查随记》等等，无不留着先生的足迹和汗水，他之心血留在了一页页泛黄的纸张中了。他的这些与"文革"恰成反比例的点滴奉献，对学生的一片至爱；他没有一点洋博士、大教授的派头，于我心里总是那么的高大。尽管至今他一无著作存世，二无后代为他颂德，甚或在学术界乃或世人心中，他是不见于经传的，但我想，只要这世界上还存在着"钱山漾"三个字，还有这蓊郁的弁山在，山旁尚有一点点溪水在流淌，那么在他无数次勘测过的山山水水的上空，总会徐徐幻化出先生西装革履的儒雅形象；那是因为他的考古之魂尚在，他的生命在时光中并未衰朽。

如今，"长沟流月去无声"，中学时代的老师们大都已成故人，但在我心中，多多少少，依然保持了那些永恒的美好回忆，时显时蕴，因那里，终究留下了我纯真年代无邪的梦。

张建智，浙江湖州市人。生于一九四七年，毕业于杭州大学中文系。对文史、经济、中医及佛教文化均有研究。

聂鑫森：

# 欧阳觉悟老师

四十多年前，我在湘潭市四中读到初中三年级，教语文的老师忽然换了。是外校调来的，叫欧阳觉悟。

这名字叫人觉得挺神，因为写《醉翁亭记》的那位老先生叫欧阳修，我没事时读过这篇文章，所有的印象就是欧阳修很爱喝酒，整天是一副醉醺醺的样子。这位欧阳觉悟老师是不是醉翁的后裔？是不是也爱喝酒？或者也喜欢写诗？有没有一把花白的胡子？

第一次和他见面，是在一个秋雨潇潇的早晨。

第一节课是语文。

往常预备铃响了，教室里依然一片乱哄哄，这回却意外，安静得像是一泓不动声色的湖水，所有的目光都交织在教室的门口，严严实实地布下张网。

窗外的雨声响得很急很密，斜曳的雨点击打在玻璃窗上，叮叮当当，如鸣佩环。

他终于出现在教室门口。

高高瘦瘦的个子，背稍稍有点弯，脸相清癯，但刮得很干净，年纪在半百上下。我们觉得很遗憾：他没有一把飘在胸前的胡子。

我们的教室在三楼，他是撑着一把木弯柄的大黑布伞，一直蹀到这里来的，伞沿滴着水。他小心地收好伞，把伞柄挂在讲台边上，很慈祥地看了我们一阵。这使我们觉得好笑，伞怎么到这时候才收呢，走廊上又没有雨。

他的半边身子全淋湿了，头发上也有水滴。他的头发是往后捋的，额角突得很高，颧骨也突得很高。

谁忍不住笑了一声，大家仿佛被感染了，一齐笑了起来。他也微微一笑，用手在下巴上捋了捋，那里其实没有一根胡子，只有一块闪光的青色。我们又笑了起来。

他清了清嗓子，说："因学校没有房子，我家借住在学校后门边的一座农舍里，旁边有一个荷塘。在塘边走过时，想起欧阳公——就是宋朝的大文豪欧阳修，他写过一首词，里面有一句：'雨声滴碎荷声'，实在是写得妙，便听了一阵，所以来迟了一会儿。下了课，你们去听听，真是韵味深长。"

他的脸上慢慢地现出一种虔诚，他很坦率地说出迟到的原因，一点也不怕我们小看他。我们感到欧阳老师很亲切。

下课铃响了，我们真的跑到那荷塘边，想听一听"雨声滴碎荷声"的妙处，我们瞪大眼睛，尖起耳朵，终究没有领会到那种说不清的东西。但那空蒙的雨色、碧澄澄的荷色，一直泻入了我们的心底。

他的语文课确实教得不同一般，虽然他的普通话带着浓重的湘潭口音，但他善于创造出一个教学的氛围，让我们身临其境，忘记一切。他讲鲁迅的《孔乙己》，说到孔乙己把茴香豆分给几个孩子吃，孩子吃了，仍然把眼睛盯在那个盛豆子的小碟子上，孔乙己忙伸开五指，罩住碟子，说"不多，不多，多乎哉？不多也"时，欧阳老师便叉开五指，使劲罩在扁扁的铁皮粉笔盒上，眼睛盯着手指，一边摇着头，一边很亲切地说着这些话。我们清清楚楚地看见，他手背上凸起蚯蚓般的筋络，是青紫色的；手指枯涩而瘦长，仿佛刹那间会"嘣"地折断，就无端地生发出对孔乙己，不，是对他的一种莫名其妙的同情。

他借居在一座土墙茅顶的农舍里，两间卧室，一个厨房，家里一共七口人，师母没有工作，另加五个还在读书的孩子。屋里没有什么摆设，倒有一张老式的书桌和一个大书柜，书柜里放着许多古典文学作品。

但他很快活。常在下午自由活动的时间里，把我们几个语文成绩好的学生叫到他家里，给每人沏上一杯茶，让我们坐在他身边，随手从书柜里取出一本唐诗或是宋词的集子，翻开来，很有韵味地吟哦，脑袋得意地画着圆弧，然后再逐字逐句地讲解。

正讲着，师母走过来说："晚餐吃白菜好不好？"

他手轻轻一挥："可以。可以。"

我们的心有些酸，这么一个有学问的老师，就吃白菜？

欧阳老师大约感到了什么，忙说："白菜是好东西，《本草纲目》上说它可以入药，古人说它味虽淡，却让人百吃不厌，所谓'大味若淡'，一点也不假。"

我们很认真地点着头。

欧阳老师很喜欢写诗，历年所写的篇什，工工整整地抄在一本厚厚的册子上。

有一回，他念了一首小诗给我们听："儿衣儿食长儿年，母望儿成欲眼穿。辛苦莫忘晨夜读，学钱多是绩麻钱。"

念完了，就讲了一个故事，作为这首诗的注释。

好多年前，欧阳老师在县中学教语文，班上有一个穷学生，父亲早已亡故，靠母亲日夜纺线绩麻维持生计。可这个学生读书一点也不用功，成绩很差。欧阳老师便把他叫到自己家里，作了这首诗，用毛笔抄好送给他，一句一句地吟，一句一句地解说。那学生仿佛被"点"醒了，痛哭了一场，从此发愤读书，考上了大学。后进入一个军工研究所，成了一个颇有成果的设计师。有一次，那学生出差到湘潭，乘了一辆部队派的吉普车来看望欧阳老师。他让车停在校门外，步行穿过校园，一直走到欧阳老师的办公桌前，立正，行军礼。

欧阳老师愕然地望着面前这个佩着少校肩章的军人，茫然不知所措。欧阳老师教过的学生太多了，怎么也记不起他是谁。

军人递上了那张诗笺。

欧阳老师很平静地讲完这段故事，并不激动。他指着第一句诗说："这前面的两个'儿'字，是名词动用，翻译出来是'给儿衣穿给儿饭吃是为了儿更快地长大……'"

我们觉得胸口发热，脑门子上竟冒出一层汗来。这诗仿佛是为我们写的。

我们记起了很会喝酒的欧阳修，诗人是应该喝酒的。有一次，我们问欧阳老师会不会喝酒，他嗫嚅了一阵，说："会喝。后来戒了。"

初中毕业后，我到相邻的一个城市去当了名工人，居然业余搞起了文学创作，先写诗，后作小说，细细想来，大概与欧阳老师的熏陶有着某种关系。

"文化大革命"中，中日突然建交。有一天，我回湘潭去探望父母亲，恰好在街上碰到几个初中时的同学，便相约晚上去拜谒欧阳老师。他又调到另一所中学教语文去了，家境也好了，有两个孩子参加了工作。

他现在住在城东的郊外。

这是一座很旧的宿舍楼。穿过拥挤的摆满炉灶的过道，我们敲开了他家的门。他的模样似乎一点也没有变，头发依旧向后捋着，只是青黑中现出秋霜。

他见到我们非常高兴，说他仍在教初中的语文课，还说看过我的诗，不过他不懂新诗，他仍然写旧体诗，写得很勤。最近为庆祝中日邦交，写了一首七律，中间有两句他很得意：坐渡金皮跨恨海，小园狮子舞朝阳。他说："坐、渡是名词动用，各取陪同田中访华代表团中两个高级官员名字中的一个字；金皮是指我们宴请客人时所演奏的日本曲子《金皮罗船》；小园是指日本，狮子是指田中，朝阳是指伟大领袖毛主席。你看如何？"

我说："修辞手法很高明。"

欧阳老师来了兴趣，又翻出一首新近写的词，是表现越南、老挝人民打击美帝国主义的，开始两句是：越深陷，老惨败……

我说："老师这两句更妙了，第一句是说美国人在越南越陷越深，在老挝呢，老是吃败仗，'越''老'二字，妙不可言。"

他高兴得眼睛一亮，高喊他的夫人："快快备酒，我遇了知音了！"

他的酒量果然不错，一连灌了五六杯，稍有点醉意。在那一刻，我想起了欧阳修。

告别欧阳老师，走出门外，秋月正悬挂在中天，洒下一地清辉。路两旁是密密的瓜架，瓜叶嵌着闪亮的银边，瓜架下则是一片黝黑。

我想：欧阳老师生活一定好些了，开了酒戒，有酒催诗，该是他一大乐事。

前些年，欧阳老师在度过八旬高龄之后，因病逝世。他的大女婿，也是一位作家，将其岳丈此生留下的诗词手稿编辑出版，并赠我一册。有写新中国成立前离乱生活的，有写新中国成立后历次政治运动的，有写他教书生涯和读书心得的，有写友情和亲情的，多为遣兴吟哦，一般不示于人的作品，有独立的见解、坦荡的情怀，不人云亦云，而且艺术性很高。每每读之，令我感慨万千。

欧阳老师，我永远怀念您！

聂鑫森，一九四八年六月生于湖南湘潭。初中毕业后，一九六五年到株洲市木材公司当工人。一九七八年调《株洲日报》副刊部工作。一九八四年至一九八八年，先后毕业于中国作协鲁迅文学院和北京大学中文系作家班。现为湖南省作协副主席、株洲市文联副主席。

叶延滨：

# 我的中学时代的起点和终点

## 老庙——我的初中生活的第一驿站

中国的风景大致都一样：河边有山，山上有庙，庙里住着老和尚。一到这种风景地，就让我想起我住过的一座老庙。这座老庙所在的地名，现在有许多人都知道——西昌。我在那老庙住的时候，西昌还是个无名的边地小城，城边有个美丽的高原湖，名叫邛海。邛海的西南侧，是一座风景山，叫泸山。泸山风水好，从山底到山顶有一脉，树木特别繁密，远处望去，高大的树冠起伏如浪。在这树浪中，错落有致地有大大小小十来座寺庙，从山脚到山顶，隐约可见，让人想起仙山琼阁这个词。

我进庙不是出家。"大跃进"后，破除迷信，把大庙里的老和尚们遣散了，剩下个大庙，挂上一个牌子：西昌专科学校附属中学。我和两百个初一新生，接了老和尚们的位子。"大跃进"年代一切都那么敢想敢干，除了老和尚念的那本经与我们念的不一样外，庙里其他的变化不大，所以在我前半生里，有了住庙的经历。学的那些课本大都诚心诚意地忘了，留在记忆中的是一年多的庙里生活：简槽、菩萨、臭虫、花豹、老僧……

　　大庙生活最先给我留下印象的是引水的简槽。我从成都随下放的母亲到西昌，又从家里进了大庙。说是"大跃进"，我个人的生活却一下子退了八百年，也就生平头一回知道简槽这种东西。山泉在高山顶上，多年以来，人们把碗口粗的棕树一剖为二，然后掏去树心，形成一个长槽，槽与槽相接，水就越沟过坎，跳崖穿涧，流进大庙的灶房。简槽是一槽搭在另一槽上的，如果其中一根被风吹落，被动物撞掉，大庙立刻就会断水。到庙里后我最早的任务就是去查简槽。全校师生饮水就靠简槽引来的那股潺潺细流，一天断流好几回，不去查水是不行的。上山查槽，在槽的两边，因为常有水流滴注，所以树草丰茂，苔厚路幽。那些简槽不知是哪个朝代的物件，长满木菌和青苔，像百年老人的手。这使我感到一种恐惧，想起这原是一座老庙。

　　老庙里的和尚被遣散了，那些泥胎的菩萨还继续留任。没有了香火，就没了神采。没有人来诵经敲磬，就没有了威严。文菩萨和武菩萨都一个个呆坐着，在我们的身边，当留级生。听不进三角代数、政治经济，现在想起来，觉得真像是有些从第一线"退休"下来的人的神色。在位和不在位的不一样，在位有香火的和没香火的也大不一样。我觉得在大庙里上的那些课算没白上，就因为好好看了那些坐在身边的菩萨面孔，想到了另一种菩萨心肠。

老庙在大山上，于是常和野物相遇。那时国家极其困难，每月定量配给二十一斤粮、三两油、半斤肉，市场上买不到任何东西。每天都处于饥饿状态，只好上山挖山药充饥。那地方山药叫黏口苕，长在山间石缝里。我们下课就带上小锄去挖。这小锄，把儿只有手臂长，锄口只有一寸宽，是山里人挖药用的，在石缝里掏山药比较顺手。挖山药有时会遇到野物，猫头鹰、狼、麂子。开始怕，但饿起来，也就不觉得猫头鹰的叫声和狼的眼神哪点恐怖了。有一天半夜里，一对金钱豹（当地人称"花豹"）闯到大庙外，在通往厕所的后门叫了一夜。全校的人都被那叫声惊醒了。当时我和三个同学，就住在后门旁的一间小屋里，我们竟没有一个人醒来。第二天早上，听见大家对那种声音的描绘，看见住房外十分清晰而硕大的爪子印，我们再也不敢上山挖山药了。

在老庙虽没有被花豹吃了，却被臭虫们饱餐了许多次，应该说，从生下来到现在为止，老庙的臭虫我认为是最狡猾、最疯狂和最可怕的了。刚进庙，不知庙里有臭虫，在和尚们原先住的楼上，把地板扫干净，打个地铺就睡。半夜浑身火烧一样地痛。点上煤油灯，身上已被咬肿了，掀开枕头，还没有来得及撤退的臭虫就有十多个，用油灯照一下墙板，新开来的臭虫大军排成队地前进着，用油灯一燎，烧得拍拍响……第二天我发高烧，打针吃药一个星期才缓了过来，之后，就逃到后门旁的那间小屋，就在闹豹子后，我也没敢搬回老和尚们住过的楼上去。

这就是老庙留给我的印象：比和尚厉害的是赶不走的菩萨，比庙里菩萨厉害的是庙外的花豹，比花豹厉害的是咬人的臭虫，比臭虫厉害的是不怕咬的老和尚……

## 大桥——高中生活的最后一课

这是一个区和一个公社的名字，在滇川两省接壤处，金沙江北岸。如果要回忆一下过去的岁月，我是不能省略掉这个点的，虽然它只是短短四个月的一个点。一个点，在我的生活中，不可能有更多的东西留下，连可供回忆的事情也不会很多，在人事档案中甚至连一行字也没有。关于大桥最清晰的表达是：四十年前，我在大凉山的唯一的重点学校西昌高中毕业前夕，在这里的生产队当过四个月的"社会主义教育工作团"的工作队员。当然，这一句交代，对于今天的青少年朋友，不会产生"情感背景"来引导他们进入阅读，但在四十年前，每个人都知道它的含义。我不会在这样一篇短文里诉说这一段历史，我只想告诉你，这四个月的影响，在我此后的人生，打上了一种说不清的底色。没有这段人生经历的朋友，我可以给你一个提示，我所在的大桥区，就是艾芜先生《南行记》中的一段。我到大桥去，是去"以阶级斗争为纲"搞运动，但就是这种运动，这里也特别作了交代，"过去当过土匪"这类情形不当作问题清查。看过《南行记》的小说和电影了吧？好了，你可以进入阅读了。

这个底色是从火塘冒起的青烟，早上的阳光穿过烟雾，让它生动起来。烟雾有一层七彩虹霓，使它呛人的气味柔和许多。这是我房东家，一间干打垒的房子，房子中间是一个火塘，从房梁吊下一根用牛皮编成的绳子，悬在火塘上，火塘里还有一只铁支架，可以放上锅，此时锅里正煮着早饭，弥漫着一屋的洋芋味。我这样细致地说这火塘，不为别的，这就是我房东的全部家产，如果要全面一些，还要加上火塘边上的竹笆，竹笆上一块羊毛毡和一床曾经是被子的东西。我是外人，我不能和这家人一起睡在火塘边，于是我就在木板搭成的半边阁楼上住。我在这户人家只住了半个月，再住下去，我就会变成熏肉了。我已忘了主人的姓名，但那早晨燎醒我的炊烟，却越来越生动了……

这个底色是一盏马灯发出的光，那马灯是我最有用的朋友，在大桥四个月里，我拥有的就是一个背包和一个马灯。这是工作队的装束，只要见到一个背包上挂着一盏马灯的人，老乡们就知道那是"工作同志"。（就如改革开放之初手上提个"大哥大"的，人们就知道这是位响应号召的先富同志。）马灯的灯光让我感到温暖和亲近。在这个没有电灯的大山深处，夜的确太长了。至今我认为一个知识分子，最明显的标志就是他有恋灯情结，在我的生活中，可以说吃的苦不少了，也不太怕吃苦，最怕的是在一个没有灯的环境生活。马灯最好，走到哪儿，哪儿就亮。山上只有小路和田坎路，没有马灯不行。手电筒费电池，也娇气，一进水就坏。我在大桥时正值雨季，每天记不得要摔多少跤，当我每次掉进泥水里的时候，马灯以它全部的光，鼓励我爬起来。记忆中，好像老乡们也喜欢这种灯光，山里来了"工作同志"，生产队就要开会。会议主题总很严肃，不是"以粮为纲"就是"阶级斗争为纲"，但开会前半个多小时是快乐的，山里缺少交际的年轻人，在会场能开心一阵子，唱革命歌，打情骂俏，与相好聚一聚，这众多的内容让我感到这里同样渴望生活……

　　这个底色是秋雨滴进心里的苍凉，远离城市远离亲人，距离把一切变成可以承受的情绪。这是一个不平常的秋季，我的双亲都受到了批判斗争。我远离他们，那种急风暴雨，到这儿就成了萧瑟秋雨。同样地，那场运动到了这远山边地，也就成了一个中学生领导的"学习"。秋雨中，许多叶子都落了，让心流泪。我不愿我的父母在这场风雨中离去。每天，我都翻看从公社送来的一个星期前的报纸，然后剪下上面的文章，装进信封里，准备当作信给他们寄去。我很怯懦，我不知人们把父母怎样了，但又希望父母知道我在想他们。就这样，每天一个信封装一篇剪下的文章，没写一个字，但他们会知道我在说：我想你们，我一切都好……

那些信一个星期去区上寄一次，邮局在河对面，要蹚水过河。我腿上长了个疮，因为总下河蹚水，一直溃烂不愈，至今留有瘢痕。这个瘢痕常让我想，这个地名真怪，大桥，怎么就没个过河的桥呢？

叶延滨，一九四八年十一月十七日生于哈尔滨。一九七八年考入北京广播学院新闻系文编专业，在学校期间发表的诗作《干妈》获中国作家协会一九七九至一九八〇年度诗歌奖，诗作《早晨与黄昏》获北京文学奖，读大学期间被吸收为中国作家协会会员。一九八二年毕业后到四川成都，在《星星》诗刊社任编辑、副主编、主编。一九九三年评为正编审并首批获国务院政府特殊津贴。一九九四年由国家人事部调入北京广播学院任文学艺术系主任。一九九五年调到中国作家协会《诗刊》杂志社，先后任副主编、常务副主编、主编。中国作家协会第六、七届全国委员会委员。

刘绪源：

# 吃 汤 团

小时候很喜欢吃汤团——我指的是宁波汤团。那时候是到处都有的，小吃摊上有，点心店里也有，不像现在似的一定要到城隍庙的名店里才能吃到。还有，那时家里也常有吃汤团的机会，妈妈自己就很会搓汤团。家中备着猪油和水磨粉，哪天她叫我放学时到三洋南货店买半斤"黑洋酥"回来，我就知道，这天——至迟明天早晨——又会有汤团吃了。

但汤团好吃，却只能"闷吃"，也就是不能在同学中间说。因为考试得零分，也叫"吃汤团"。我们初中有个无锡口音很重的语文老师，矮矮胖胖，年岁很大了，一次一个女生考试不及格，他指着她的脑门说："好啊，吃汤团！"这三个字，用无锡话念出来，犹如"切趟夺"，十分奇特，仿佛口里真含着一个汤团似的。一时班级里此起彼伏一片"切趟夺"声，气得那个女生顿时趴在桌上大哭起来。这以后，只要有人不及格，报过分数以后，总会有这样的声音从后排或从哪个角落响起，伴随着"咻咻"的偷笑，渐渐布满全教室，弄得别的任课老师莫名其妙。

但我们很快就没有书读了，因为"文化大革命"开始了。考试不会有了，不及格也不会有了，可以理直气壮吃汤团了。

那时从家里跑到学校，一路上到处有吃汤团的地方，四川路、溧阳路、山阴路……到哪儿都可坐下来吃。一般总是店门口有一口大锅，里边有汤团在上下翻滚，白糊糊的沫，水汽蒸腾，十分诱人。尤其是肚子饿的时候，远远看到这水汽，就感到有一股甜糯的清香扑面而来，便怎么也走不动了。付了钱（那是相当便宜的），买了筹子，在长条板凳上坐等，不一会儿就会有一大碗溜圆白胖的大汤团端上来。这时千万不可急着吃，因为那热气是很惊人的。我们总是很内行地先喝一小口汤，缓缓气，再用勺子舀上一个，咬开一个小口，让白色的热气蹿出，轻轻吹上几下，待那浓黑闪亮的猪油芝麻馅在汤团里漾得清晰可见了，这才慢慢地一点一点地吃。这样，既不会被烫着，又能细细品嚼汤团的美味。

写到这里我想起来，我到后来竟真的没有再经历过一个班级坐在一起等待成绩那样的事。虽然也参加过一些全国或全市的统考（为了评职称之类），但那种正规的学校教育，似乎真的与我告别了。参加工作以后，我发疯一样地自学，赶路一样地读书，最后造成了一个很奇怪的现象，就是我再也不能正常地听课了。只要有老师在上面讲，我就会着急地想：应该说下一句了，下一句应该是什么了，如再不这样说就不对了，这个老师语速太慢，他的思路有偏差了……这样内心的自言自语会逼得我再也坐不下去。这使我想起茨威格的小说《象棋的故事》中那个发疯的高手，他因为长期在狱中自己和自己下盲棋，就再也不能容忍别的对手的棋速了。这是长期监禁毁了他。而我，则因少年失学，此后就只有自学一途了。所以，因为这篇谈吃的小文，我竟十分地怀念起那位无锡口音的老教师，也想起了那位被气哭的女同学，还有那一片此起彼伏的"切趒夺"声……

过去的一切，竟都变得异常地亲切，一如那些店门口的大锅里蒸腾的水汽。

刘绪源，作家，学者。一九五一年生，现居上海。曾任《文汇月刊》编辑，《文汇读书周报》副主编，现为《文汇报》副刊"笔会"主编。主要学术兴趣在儿童文学理论、中国现代文学及中国思想史。中国作家协会会员。

张铁荣：

# 我 的 中 学 老 师 们

　　我的学校坐落在海河的旁边，原址是清末建筑的李公祠，这是专门为纪念李鸿章而修建的。再往南走就是原北洋总理衙门的所在地。顺着金刚桥向南行，从海河旁边向右拐进去，再向左就进入了我们学校的范围。红色的大门中式的屋顶，学校是一个三进的大庭院，第一进是一圈儿平房，我入学的时候已经被用作学校的办公区，二进门就高一些，是一个大操场，径直是一座大殿，有汉白玉的一圈回廊围绕，估计这里即是祠堂的正堂，但那时回廊里有了单双杠，大殿里已经成了放置体育器材的地方，最后面是一座新建的教学大楼。

　　这就是我们的学校：天津市三十三中学。我是一九六五年考入这里学习的。

　　那时候中学的教学单位和现在完全不一样，我们学校是按照学科分办公室的，而现在是按照年级分办公室的，我私下以为还是那个时候要好得多，因为学生压力小，教师共同语言也多，绝不像现在完全是为了考试这么势利和现实。老师们都是一些和蔼可亲的人，也是最令学生难忘的。

算起来其中最有名的人就是温刚老师，他是后来的国务院总理温家宝同志的父亲。不过那时我们这些孩子是一点儿也没想到。温老师正如他的姓，温文尔雅、温厚待人、温良恭俭；好像每天总是提着一个蓝布的书包，笑眯眯地走路来学校。然后就是走进教学楼三楼，坐在史地组一个靠里面的办公桌边。也许是他性格内向，我从来也没有看到过他除了上课之外的走动。我的班主任是史地组的组长侯晋武老师，我是地理课的课代表，所以有时间经常进出史地教研组，不是给老师送作业就是找侯老师问事情。所以就经常看到温老师，我见了他也从没有感到过紧张，因为他总是很谦和的样子友善地微笑。温刚老师没有亲自教过我们班，但他是那个教学组最老的一位教师。

那时的侯晋武老师可能是刚刚来到学校不久，身体魁梧脸庞宽大，一副很结实的身体；由于他是络腮胡子我始终也没有觉得他年轻过，这样的老师大概能够压得住茬，所以他能够管得住学生。侯老师讲课声音很洪亮，一口标准的普通话。说句实在的，我虽然是天津人，但那时在学校里从来也没有听哪位老师说过天津话，就是在课下也从来没听到过，估计那时也许是国家有要求也说不定。侯老师的地理课讲得有声有色，很多时候不是有挂图就是带着地球仪和标本，我们在图表和高昂的声音中，想象着跟侯老师走遍祖国的山川大地。

数学组负责教我们班的是李铎老师，他是个很清癯的人，既严肃又精神，数学课讲得极好，言简意赅是他的特点。从来不苟言笑，却是幽默有余。记得有一次有位姓梁的同学上课不注意听讲，李老师停下课来慢慢地说："梁君，你干什么了？要抓紧时间学啊！"此言一出立即引起全班同学的哄堂大笑，那位同学的脸马上就红了。此后我们都喊这位同学叫"梁君"，现在也许记不清他的全名了，但是说起"梁君"我想全班同学都会是记忆犹新的。据说李铎老师那时是什么"摘帽右派"，但是他不管这些，只是认认真真教我们。粉碎"四人帮"以后，他落实了政策到另外的中学当校长去了。

教英语的老师叫殷虎，是上海人，他的鼻子稍大一点儿，教英语正合适。他一走进课堂就用英语说："你们好吗，我的孩子！"于是我们就大声整齐地说："老师好！"他一口好听的上海英语，经常用板擦敲着黑板上的单词领我们大声朗读。一次学校里不知怎么来了一个外国旅游者，于是殷老师派上了用场，他和那个老外叽里咕噜地说了很多；原来那人是个旅游者，他误把我们学校当成了附近的大悲院，殷老师经过解释终于把老外打发了。于是，从来也没有见过外国人的我对他佩服得五体投地。

语文教研组是一个比较大的办公室，是不是最大的教学组我不知道。因为我从小学起就喜欢语文，因此这里是我很神往的地方。那时的老师有叶理行、张淑敏、钱克文等，他们都满腹经纶，书生意气、文质彬彬，我总是有事没事往这边跑。给我们班上课的是钱克文先生，他是一个年轻的老夫子，平时说话引经据典、才华横溢，他的最大特点是课文讲完还有时间就给我们讲故事，因此听到下课铃响起的时候我们总是不想下课。他的古文课讲得很是生动，对要求我们背诵的课文，第二天检查时总是一丝不苟，谁要是背诵不下来只有站着听课的份儿了。记得那时我总是想好好表现，以引起他的重视，无奈我天生愚钝，自己感觉总是有所欠缺，远不及班上的刘聚臣、孙炳如两位同学。不过我现在还能完整背诵《孟子·告子上》中的《学弈》篇及一些古文，这都是那时晚睡早起强记恶补下的基础。据我所知，语文组的老师们都是能作古诗词的，他们常常相互切磋，彼此唱和。这在当时给我的印象很深，因为我那时以为古诗是只有古人才做得出来的，今人也只有毛泽东才行，因此就对他们充满了神秘感和敬佩。

那时的学生和现在的中学生差不多，就是总想到老师家里去。侯老师、钱老师的家我都曾去过，记得还在他们那里吃过饭，但是自己从来没有给他们买过任何东西，这是那个年代的风气和经济条件使然。现在想来觉得那时的自己真是不懂事，因此就很想报答他们。

侯老师的妻子当时也是老师，是个非常干练的人，对我们很爱护很关切。钱老师的夫人据说是他同学的妹妹，这里也许有一段天赐良缘的浪漫故事，可惜当时的我根本就不敢去问。在钱老师的家里比较随便，他还是给我们讲故事，有时是古代的有时是外国的，记忆最深的是福尔摩斯的探案故事，听了还想再听，但是晚上回家的时候路上很害怕，现在想来觉得那时的学生真的很幸福，成长的经历是全方位的，精神是很充实的。

老师们就是这样年复一年，平平凡凡、求真求实、兢兢业业、默默奉献。

后来"文化大革命"爆发了，最早是北京的红卫兵到我们这儿来煽风点火，他们身穿绿色军服，腰扎烟色塑料皮带，满口的京腔普通话还是很吸引人的。记不得是怎样开始批斗老师的了，不知怎的，叶理行、李铎、钱克文等一批老师就被关进了一排平房，即所谓"牛棚"。我们都是很同情的，真是想为他们做些什么，但实际上却是什么也做不了。

再后来我们就被卷入了"上山下乡"运动中，从一九六八年的年底到一九六九年的年初，我们班的同学先后到了黑龙江生产建设兵团和哈尔滨郊区，后来学校派侯晋武老师到插队的地方回访我们，见面的那种激动真是难以言表的，他要离开的时候许多人都哭了，那时才感觉到他就像我们的父亲一样。他走后我们也慢慢长大了，从此就完全独立了。

四十年过去了，我们也都迈入了老年的行列，值得欣慰的是侯老师、钱老师都很健康，每到春节前后我们几个同学都要邀老师出来聚聚。有说不完的话，从他们那里吸取力量，就像游子回家见到久别的家长那样。

附记：

这篇文章写好（二○○九年）之后，计划分别寄给远在哈尔滨的聚臣和天津的侯、钱二师。还没有来得及付诸实践，就传来了侯老师去世的噩耗。震惊之余是无尽的怀念，五月二十六日上午，同学王勇、许文胜、王大强、李天仁、张磊、孙炳如和我七人一起到侯老师家里去吊唁，我们在侯老师的遗像前流下了眼泪，默默地盼望他在去天国的途上一路走好，还在花圈的缎带上恭请钱老师率我们献上了集体的悼念和哀思。

张铁荣，天津市人，一九五一年十月生。毕业于南开大学中文系，曾师承李何林先生专修鲁迅研究，一九八八年至一九九四年赴日本讲学。现为南开大学文学院中文系二十世纪文学教研室硕士研究生导师、教授，中国鲁迅研究学会理事，中华史料学会理事，天津市现代文学学会副秘书长。

龚明德：

# 荒唐的中学时段

　　茅盾一九七三年五月十五日在给他的表弟陈瑜清的信中，说出了涉及我这个年龄段的人的一句名言："早生十年或晚生十年似乎幸运些，唯有一九五四年前后出世者，弄得不上不下……"这里的"不上不下"指青少年成长环境之恶劣而言，就是说"一九五四年前后"出生的人尤其在文化方面没有条件受到好的全面教育。

　　不幸得很，我是一九五三年夏天出生的，而且生在一个偏僻的无论怎样辛苦劳作都只能勉强将就着全家糊口的接近贫穷的小山村。我出生的那个小山村，就是湖北省南漳县武安镇还要往南行五六公里的原清泉人民公社的砖桥冲。

　　掰着指头一算，就知道我读完六年小学再升入初中时该是一九六六秋天。还好，经过一九六六年暑假前的县统一考试，我的考试成绩是远远超过录取分数线的。虽然因为家庭出身不是政策规定的贫农或雇农而是"下中农"，使得我丧失了被保送升初中的资格，但我还是凭"硬本事"正式被南漳县第二中学录取了，编在一年级四班，班主任是教体育的女教师杜雪苗，她的模样在当时我的眼中，出奇地漂亮——身材高挑、动作利索、一口标准的普通话。

一九六六年秋学期开学时，我准时同清泉人民公社的另外五个全是被保送上初中的家庭出身为"贫雇农"的男女同学到武安镇入了南二中。本来就爱读书的我，开始了全新的初中学习生活。

现在记不太清楚了，不知是上了半年的课呢，还是上了一年半的课，南二中师生响应全国的"革命形势"，热烈地卷入到去北京串联和"见毛主席"的"文化大革命"浪潮。当时的规定也奇怪，凡是十三岁以上的同学只要家长同意都可以由学校组织，老师领队统一免费坐火车去北京"见毛主席"。而我，只有十二岁，最多只能在县内"串联"。记得曾约了两三个同学，免费坐公共汽车，到我父亲修水库的地方石门住了一段时间。那时中央有文件，所有"串联"的在校学生坐车、住宿、吃饭都免费。我们到了我父亲修水库的地方石门，还真受到了水库工地负责人的专门接待。石门是一个山区公社的名字，离我的住家有六七十里路。

当年没有留下日记，现在无论如何挖空心思回忆，都记不清那时候是怎么过来的。只记得到北京"串联"并且

"见到毛主席了"的大同学们回校后不久，我们南二中就宣布"返乡闹革命"，我就回到了砖桥冲，也就是我的出生地。

砖桥冲在当时是一个大队，被编为清泉人民公社三大队，它由六个生产小队组成，老少合共有一两千人，这儿的"文革"运动也被一个郑姓中年农民闹得轰轰烈烈。我一回到家中，这郑姓农民就几乎天天到我家中找我，带来毛笔、大瓶墨汁和一捆捆的整张大白纸，要我把他揭发大队原党支部领导的话记录下来编成文章，再由我读给他听。他那儿通过了，就由我在整张的大白纸上抄拳头大的毛笔字，抄完了，他和我一块儿把这些纸贴到大队党支部办公室外的土墙上面。印象中，几乎满墙都是我写的毛笔字。

再大一点儿了，我知道我用毛笔写在大张白纸上的文章，就是当年毛主席大力提倡的"四大"之一的"大字报"。——说实话，我十二三岁时的替郑姓农民编写大字报，是我写作能力的最早的强化训练，至少成功地训练了我的语言组织能力。

"返乡闹革命"的时间不太长，南二中通知我们"就地复课闹革命"。清泉人民公社只有小学五、六两个年级的清泉完小马上升格为清泉耕读中学，我就进入了这所清泉耕读中学继续我本该在南二中进行的初中学习生活。

都是没经过严格训练的小学老师担任初中老师，我的语文、数学以及各门功课，老师不讲我也可以通过自学大体懂得。因为我有一个姐姐，加之我又是父母的长子，在家里没有家务必须由我做，我就一门心思地读书。那时我尤其喜欢数学课，每天晚上在煤油灯下自习次日要学的内容，把一个小单元的习题全做完，待第二天老师布置了作业，我只须抄一遍我前一天夜晚的自习题目即可，除劳动课外，我的各门功课在每次测试和考试时都是第一名。

就在我不足十六岁时，奇迹发生了。

清泉耕读中学的校长，也就是给我们教数学课的沈老师找我谈话，问我愿不愿意参加工作——教书，我说我想读高中读大学，沈老师说教书可以转为国家职工，我连想都没有想就答应说："那我就当老师。"

初中没毕业，我就成了我读初中的这所清泉人民公社的耕读中学的"初中教师"，印象中我在清泉耕读中学教过语文、数学、地理、美术，还当过两年的班主任。

最令我欣慰的是我教数学的成功。记得我当学生时只听老师讲到"勾股定理"和"一元一次方程"。也就是说，我没学完初中一年级的课程就提前毕业当了初中教师。但我教数学却至少讲通了初中一年级和初中二年级的数学。我把"教学"的词语反过来，完全是先学后教。第二天要上数学课，我只有在前一天改完当天的学生作业后再深夜自修。我自修数学的方法就是反复把定义、定理和例题彻底弄懂，再一题一题地做数学题。现在想起来就后怕，但当年我的教学效果却很好，与我同龄甚至大我一两岁的我的学生们都"服"我。

好像不足十八岁时，我被派到县城学英语。之前，我一个英文字母也认不得。三个月后，我回到清泉耕读中学，这回除语数等课程外，我又成了专职英语老师。听过我说话的人都知道，我连母语的汉语也说得怪怪的，英文读音之不准是铁定的。

然而，十七八岁的我却购买了一部收音机，还从武汉邮购回英语广播教材，每天早晚各一个小时地坚持了三四年收听英语讲座，光大本英语作业就积下一大堆。我的英语语法知识和我的笔译水平和单词的掌握量，估计在当年的同龄人中是可以算得不差的了。

二十二岁那一年，即一九七五年，有一个上大学的"内招名额"，在接受书面考试后，我被录取了。我成了一名不是来自工厂也不是来自农村更不是来自军队的莫名其妙的"工农兵学员"。更为奇迹的是，三年工农兵学员毕业，我没有走任何后门，却留校成了我所就读的这所大学的中文系一名大学教师。

一九六六年到一九七六年，是"文革"十年的荒唐岁月。恰好在这十年中，我的初中、高中阶段仍幸运地处于"就读"形态，这是我的同龄人都十分羡慕的。事在人为啊！

荒唐的岁月中，由于知识的吸引，我没有荒废我的学习。当然，我的学习动力也很简单——总觉得多读书多懂学问，肯定比父母那样笨笨地种田而又过不到富裕日子要好一些。

所以，我在当工农兵学员读所谓大学之前，就只有一个初中一年级的学历。大学三年以后，乃至现在，我的"初中时代"的学习激情一直被完美保存并不断发扬光大着。我从二〇〇七年十一月起，从一个出版社的图书编辑变成了一名四川师范大学文学院的教授和中国现当代文学硕士生导师，都是我在"初中时代"有意识打下的自学基础带来的效应。

　　龚明德，四川师范大学教授，中国现代文学研究专家、作家。

马旷源：

# 啸斋记忆

一九七〇年，我十三岁。入保山一中念初中，编入三连四排，随即任排长。班主任是体育老师，文化不高，整人的本事却很大。一年以后，我受其诬陷，血战经年，身心饱受摧残。导致第一次对人性的幻灭。

十月，奉命往保山军分区教导队参加"三防"（防核弹、防化学武器、防细菌战）训练班，为期半月。某日，训练归来，被紧急召往饭厅，全体人员受到时任云南省革命委员会主任谭甫仁的接见。这是我当时见过的最大的官，不禁热血沸腾，一双巴掌拍得通红。

一九七一年，"文化大革命"期间，学校风行"学工、学农、学军"，每年有半数时间用在"三学"上。农忙，必到农村"支农"。学工是在校办工厂完成的，有时也到工厂去。初中时，到过保山总站。印象中，我学的是钳工。高中时，甚至学过打铁。这一点学工经历，如非写作年谱，早已"事如春梦了无痕"了。

学军时每年一次拉练，每次半个月，均发生在初中阶段。第一次拉练，路线是保山—辛街—昌宁卡斯凹—湾甸—姚关—施甸—蒲缥—保山。行前，我受命组建三连文艺宣传队，任队长。出发时，竟无辅导员（老师）配属。我只好带领这支从六个排抽出来的，由三十几个人组成的队伍踏上征途。白天，沿途做鼓动，一副竹板，打得娴熟，还编了不少顺口溜。晚上，为驻地群众演出，自己也粉墨登场，扮几个无关大局跑龙套的角色。印象最深的一次，是由卡斯凹到湾甸的经历：清晨出卡斯凹，行行重行行，前面是爬不完的山，涉不尽的河。走到下午，队伍已呈鸟兽散，哩哩啦啦，前不见头，后不见尾。停下来做饭已经不可能，肚子饿得咕咕叫，生米、生蚕豆，也一把一把塞进嘴里。极度困乏，一边走，一边打瞌睡。走到日落月出，天边的晚霞与傣族群众烧甘蔗地的野火相映成趣。我终于走到了目的地，时间大约是晚上九点。晒场上有一堆将灭未灭的篝火，四围不见人影。我打开铺盖卷，一头躺下，沉沉睡去。睡意浓时，有人在摇我。艰难地睁开双眼，是连指导员（老师）。

指导员帮着我，搬进了近在咫尺的小学教室。第二天清早，我才想起去寻找我的"部下"。"部下"就在同一个晒场，紧靠南墙的芭蕉林里，男男女女，仍在枕着露水酣睡。他们是在我到后不久，陆续抵达的，也和我一样，困不择地，当即躺倒了。

普及中草药运动在此时兴起。腾冲当时有"红医县"的称谓。星期天，我便带领采药小组上山采药。从易乐池左侧，沿一条峡谷进山。采到过重楼、茯苓、党参等，回来都交给了学校医务室。采药小组的成员，有张丽丽、樊勇等。樊勇，出身军人家庭，学习极差，初中时生活仍不能自理。然而他懂药，差不多所有草药他都认识。所以，每次进山我都带上他。这样的行动，有过多次。

这年晚些时候，我带领一支十余人的小分队，在一位管后勤的老师率领下，到离城区数十里的高山——碗水梁子去烧石灰。山，砍光了几架；石灰，却未见烧出。住地是保山地委为战备建的避难所，万山丛中，危崖耸立。有一支空军部队驻在山上，不时来和小分队联欢。

归来不及一月，风云突变。班主任为推卸责任，对我横加诬陷，痛加打击，全校批判，从此陷入黑暗的深渊。虽经血战，突出重围，但身心已遭重创——幸未扭曲。这年我十四岁。

事情的起因，是头年到太保山学农基地劳动时，奉校方之命，挖坟造楼。

保山，古称永昌、不韦，历史悠久。秦相吕不韦犯罪，后代流放到保山，县以不韦名。三国时，吕凯独立南滇，力抗地方豪族，深为诸葛亮所赞许。因而，古墓甚多。

"文革""左"风猖獗，保山一中欲建新校舍，砖瓦不从砖瓦厂购，却派出千余学生，上山挖墓取砖。挖人祖坟，是中华民族的大忌。后来我说过：我的倒霉，是罪有应得，因为大悖人性。而在当年，却以"革命"的名义，以"排长"的身份，干得太欢。

话说某日下午，天高云淡，烈日炎炎，在挖过一座大型砖墓之后，发现了一个小洞。循小洞掘进，有一块小小的石碑，碑上大书"当方土地"四个字。翻捡泥污的土地，捡到一圈形如手镯、铜迹斑驳的什物——这就是惹祸的根苗了！我当时刚读过童恩正的考古科幻小说《古峡迷雾》，为显示知识渊博，一边挖，一边大谈考古。其实是哗众取宠，啥也不懂。

东西挖出来，用一张白纸包好，交给小组长保存，我便忘却了。随后几天，为些琐事，大闹情绪，甩手不干。又在班主任宿舍里见到了这个白纸包（这是解谜的关键。一年之后，班主任收拾我时，又出示了这个白纸包，但是说里面包的是麦冬，而非手镯。然而，白纸包的存在总是事实，而且到了班主任手中），以为小组长已上交。事后更懵懵然，不知祸之将至也。

事情的诱因，则是四连某排也挖到了一只手镯，而被班主任出售后喝了老酒。学校出面追究。体育老师大窘之余，精心策划之后，突然向我发难。这是一场极不平等的决斗：班主任对班里的学生；五十多岁老谋深算的成年人对一个初涉人世十四岁的少年。居高临下，结局可想而知。

这之后是日日批判，天天斗争。每天早上的"天天读”时间，体育老师必来攻我。大字报铺天盖地，有“撕下×××画皮”等字样的檄文。排里的批斗会，每周必有。大有“宜将剩勇追穷寇”，“不获全胜，决不收兵”的况味。我在最初的愕然之后，以稚嫩之躯，力抗强权，也写了“致军宣队长的公开信”“给清六办的控诉信”等一系列辩诬文章。

一九七二年，一年血杀，迎来了初中毕业。学校给我“记过”处分，处分却找不到我任何“贪污”的证据，仅以“态度恶劣”定罪。为抗议故，我拒考高中。后为父亲干预，转往腾冲一中念高中。离开保山时，学校尚未举行毕业典礼。我径往班主任宅，要求提前发放毕业证书，且坐守不去。这位四肢发达的江浙汉子，无奈之际，只好把毕业证书给了我。

八月，孤身一人重返腾冲。此时，在排里，我保有几个“死党”，如刘峰吉、郑留发等。走时，是排里两个女同学送我上车的。

到达腾冲后，插班进入腾冲一中高34班，班主任刘云鹏。铩羽归来，却有了意外的收获：比小学同学高了一级。这意外后来证明并非好事，多下了一年乡。

从急风暴雨中走来，回归故里，心情是黯淡的。故乡美丽的山水给我以慰藉，故乡浓郁的文化氛围给我以鼓励。我在故乡复苏，我在故乡重新崛起。

我的住处在腾冲一中三大楼，地处来凤山麓，前有密林，后有荒坟。夜晚，常有异音来扰。

我对语文的爱好，得到了长足发展，遇到了几位对我一生影响巨大的好语文老师：杨学湘、赵槐生、董云林、冉子玉……杨老师是我的科任老师，由于偏爱，他指定我担任了语文课代表。不久，学校成立文学小组，他又指定我担任小组长。从这个小组走出去的作家，除我以外，还有岳丁（武和兴）、杨必传等人。杨老师对我的关怀，不仅在学习上，也在生活上。那时，他有两片肉吃，也一定要分给我一片。师生间的亲密情感，与专门置学生于死地的初中班主任，形成了鲜明对比。

我对鲁迅的阅读，也始于此时。先是《鲁迅杂文书信选》，后来买到了全套的鲁迅著作单行本。初读，不懂。渐读渐懂，体会甚深。对我人格的确立，起了关健性作用。至今，我已拥有三套不同版本的《鲁迅全集》，仍在学习和阅读中。

一九七三年，发表处女作、独幕话剧《又迟到了》。署名是"腾冲一中高34班文学创作小组"。

学校组织会演，要求各班自创节目。我尝试写了小话剧《又迟到了》，先被搬上舞台，又被《腾冲文艺》（油印刊）刊出。修改后，更名《批判会之前》，参加了保山地区调演。这个小剧的主题是"学雷锋"，塑造了几个性格还算鲜明的人物。三十年后，我加"附记"，将其收入《飞海寨》一书，以资纪念。

由剧本创作，认识了县文化馆张天翔老师。随后几年，创作上我得到过他的大力支持，虽然成就不大。十一月，省里在腾冲办文学改稿班，我追随张学文叔叔（名曲《美丽富饶的潞江坝》的作者）之后，出入于会场。等候父亲的老朋友杨苏伯伯不至，却在腾冲一中小花厅见到了来访的李钧龙、辛勤诸同志。这是我结识的第一批作家。三十年后，钧龙同志给我来信，对这次见面，仍记忆犹新。人们对我说："坚持十年，必有成就。"我坚持了，直到现在。

也是因为剧本创作，我被抽到学校宣传队。先做演员，不成。后来专司创作，兼管服装和拉幕布。在学校宣传队，我把自己写的剧本演回了保山一中。那位专制的剧中人，影射的是蛮横的体育老师。心中大感快意。

岁末，县里安排我到边境一线"体验生活"。同行者是县革委一位常委和学校一位李姓老师。杨常委带了一支手枪。这次边境之行，给我留下了深刻印象。从古永起程，进入傈僳族聚居的胆扎，在前哨排宿一晚。翌日，转道往猴桥。其时，林彪、"四人帮"一伙推行的"政治边防"还在肆虐，小村并大村。莽莽山林，走一天路，不见一处人烟。松涛轰响，林荫蔽日，羊肠小道，曲曲弯弯，竟不知在境内，还是境外。走至下午，逮住一条傈僳汉子，杨常委认识他，说是专门贩私货的。所谓"认识"，是关过、审过他。逼他带路，他一脸媚笑，点头连连。但我不放心，杨常委也不放心，只好枪上膛，用武力胁迫。一路忐忐忑忑，走到日落时分，终于抵达傈僳大寨。又走了一天，到达了战火未熄的猴桥。藤桥悠悠，江水潺潺，五星红旗迎风飘扬。一颗久悬的心，才算落到了实处。

　　一九七四年，"批林批孔"运动开始，原本就不正常的教学，重新陷入困境。三四月间，某高中学生在班主任鼓动下，集体向县革委写信，要求提前下乡，去建设社会主义新农村。

　　我于此时，退出学校宣传队，"纠集"四人：我、邵曰培、赵玉书、赵胜国，与某班展开大论战。这些文章，多数由我起草，邵及二赵誊抄成大字报贴出，坚决反对提前下乡。其中一份，题为"致县革委的公开信"，一直贴到县革委大门口。说是清醒，是超前，未必。口号叫得山响：多学知识，建设新农村。反对提前下乡，朦胧中，革命是假，想多读几天书是真。

　　四年中学（初中两年，高中两年）终于在动乱中结束了。这年，我十八岁。我谢绝了父辈的安排，自作主张，前往德宏傣族地区插队落户，一去就是四年。

　　离开腾冲，是交通管理站黄伯伯为我找的军车。坐在高耸的车厢上，车开得飞快。过南天门时，"悠"地一腾，下瞰万丈深渊，这颗心，便很久、很久没有着落。


　　马旷源，回族，一九五六年二月生于云南腾冲县。高中毕业后在德宏州傣族聚居地遮放坝飞海寨插队落户四年，一九七八年考入云南民族学院中文系。毕业后，先后执教于楚雄卫校、楚雄州委党校、楚雄师范学院。一九九七年任楚雄州政协副主席。

张　炜：

# 童年三忆

## 一、没有围墙的学校

我不愿回忆我的中学生活。在那个动乱的年代里，留给我的不愉快的事情太多了。我写这篇短文的时候，好像又回到了当年的同学们中间。我在心里与他们交谈着：当年是这样的吧？我们的学校、还有我们自己，是这样的吧？

我们的中学坐落在胶东西北部的小平原上，那是胶东自然环境最优美的地方之一。我们的学校不像当时一般的校园那样，围了高墙，又做了大铁门。她藏在一片果树林里。与果林相连的，是那无边的、茂盛的乔木林。一幢幢整齐的校舍在园林深处，夏秋天里看去，只见一片葱绿，要是没有人指点，只怕还不知道这里面有所学校哩！林中的鸟儿很多，树下满是野生的白菊花。当时的人也不像现在这么多，很少有一群群的人拥到林子里干什么。林子安静、美丽、幽雅，我现在想起来，还真感谢那些选择校址的人。

校址可以选择，上中学的时代可不能选择。我开始做中学生的时候，正好是六十年代末期。那时候社会上很乱，人们的日子都不很好过，林子边上村庄里的居民又闹起了派性，再老实的人也得不到安宁。有时人们从静谧的林边走过，会不由自主地想象起里面的生活来。他们往往想象得很美好。

其实，这所中学的教师和学生也忙成了一团糟。大家写大字报、开批判会，有时兴致来了，可以一连几天通宵不眠。林子边上静静的，林子深处却闹翻了天。

我们都会写大字报，简直是无师自通。字越写越大，墨汁蘸得很浓，一句话的结尾，常常要使用三四个感叹号。开始是矛头向上，批判资产阶级，后来就在同学中找小"牛鬼蛇神"了。同学们出了教室，或者是在上学、放学的路上，不同班级的见了面，都皱着眉头问对方："你们班找到了吗？"对方有时这样回答："刚找到，两个……一个是地主（他爷爷给地主看过庄稼），一个骂过烈属王大爷……"

夜晚，南风送来一阵阵苹果的香味儿，白菊花更是香极了。写大字报用的墨汁放得久了，摆在桌上很臭，大家还是一下一下地蘸着。我们做学生的写，老师也写。有的老师一张一张地翻看着学生写的大字报，看到满意的词句，比如，"狼子野心何其毒也""反误了卿卿性命"等句子，一定要用红笔在下面画一道曲线。到后来我们也完全猜得出哪些句子将会被画上可爱的红线，便到处去寻找那些有趣的，但是怎么也搞不明白的古怪句子和词了。有一次，有人竟然使用了"怪哉"这个词——这个词本身就够"怪哉"了！果然，没有一会儿工夫，它的下面就有了红线了。所有的同学都看着眼热。当然人人都有羡慕别人的时候。有一次某人在大字报上写出了这么一句："岂非咄咄怪事！"另一些人一下子就给征服了。大字报上每出现一个新词、新句，被批判的小"牛鬼蛇神"就哆嗦一下。这大约就是战斗性了。我们觉得"革命"和"造反"真有意思……我们大概是新中国成立以来写毛笔字最多的一些中学生了，也是毛笔字写得最糟糕的一些中学生！

　　我们的学校是一所联办中学，其中还包括小学。记得一个小学生在田野里玩，摘了几个果子、扒了几个红薯，学校就决定开他的批斗大会。他人很小，还没有一张桌子高，脸色蜡黄。批斗会是必须呼口号的，呼口号的时候，他自己也跟着举起小小的拳头。校园里的大字报，这阵子几乎都对着他，黑板报上的插图文章，也是批判他的。他连哭也不敢哭了，只瞪圆了一双惊骇的眼睛，痴呆地望着那些他永远也不会理解、一多半儿字还不认识的大字报……这个小同学今天哪去了？他即便长成了一个魁梧的汉子，会忘得了那些铺天盖地的大字报、忘得了那个声嘶力竭的批斗会吗？我相信他心灵上还会带着当年创伤的疤痕。

除了搞批判，就是"学工、学农、学军"——我们学校离一座煤矿的矸石山不远，因此主要是"学工"。我们"学工"就是爬到山顶上，从废矸石里面掘小煤渣。雨天，雨水可以把亮晶晶的小煤渣冲出来，我们就得冒雨登山了。矸石里含有一种化学物质，常年燃烧，发出一股难闻的硫黄臭。在风雨天里，有时燃烧得更厉害，矸石山上整天浓烟滚滚。我们自觉这就是在闯一座火焰山！心里有着莫名其妙的激动和自豪——没有过不去的火焰山！大家不知在黑泥水里跌了多少次，各自提着个小篮子，里面都盛着一捧煤渣。大家把煤渣倒在山下的一块平场上，等着外地人来买。当时很多煤矿不出煤，这样的煤渣也成了好东西。

卖煤渣得了一些钱，学校用来买了高音喇叭。高音喇叭安在学校的一棵大树上，一天到晚放着几支相同的歌。有一段京戏的几句词儿妙极了："提篮小卖，唉嗐唉嗐唉嗐嗐！拾煤渣……"这真是唱绝了。这不是唱我们"学工"吗？活生生地唱出了我们提着篮子拾煤渣的情景——它知道它是我们拾煤渣的钱买来的，所以就这样唱了，它可真是个够朋友的好东西。我们大笑着，明明知道自己的推论是错误的，却偏偏要那样想，并大声地应和着唱起来。除了用它听歌、学戏，还用它讲话。批判大会上发言，被它扩出来的声音，威武而雄壮，势不可当。把大字报对着麦克风一念，大字报的词句仿佛更完美无缺了，连我们自己都怀疑起来：这么好听的词儿，会是我们亲手写出来的吗？卖煤的钱除了买来一个大喇叭，还买来了一副篮球架。篮球架很漂亮，不组织一个过硬的球队是对不住它的。学校领导亲自挑选队员，条件是个子高、觉悟高、出身贫农。

那些日子里，我一个人偷偷摸摸地读了些有趣的书。我开始学着写些别的东西了，不求别的，只求有趣。我写了我们的果园、鸟儿、白菊花，也写了同学们的劳动。我有时也把文章送给信得过的老师看。老师看了我写的一篇文章，说好是好，不过怎么能用"漂亮"这个词呢？我听了挠挠头，真的，我写到一个拾煤渣的同学时，这样写道：她很漂亮……我的脸红了，立刻用笔把那两个字画去了。我从此认定这两个字是属于资产阶级的——直到后来，直到我走出校园很久很久以后，我才真正知道这两个字的含义：正好相反，它属于劳动着、创造着的健康的人们！

两年的中学生活一晃就过去了。在离别这个没有围墙的学校时，几乎所有同学都哭了，我也哭了。我们突然觉得我们的学校很美，令人遗憾的是我们大家在这么美好的校园里做了并不美好的事情。这很可惜。值得留恋的还有别的事情——接近毕业时上级分配来学校一个女教师，跟所有人都不一样，她唱啊、跳啊，不停地笑。她教同学们唱婉转的歌，还手持马鞭教大家跳"奔驰在草原上"的舞蹈……但，我们终于毕业了。我们的中学生活并不有趣，可是有一个漂亮的结尾：奔驰在草原上！

回忆到这里，我想起一个问题。我在想，我们当时真是傻得可以。是因为年少幼稚吗？那么老师呢？结论只能是他们同样幼稚。可是他们毕竟年龄很大了，有的都到了中年或已过了中年——这不能不说是一场人生的悲剧。我们的学校没有围墙，却并没有因此与美丽的大自然更亲近起来。一道道看不见的围墙正把我们围住、隔离开来，使我们远离了世界上那些最美好的东西……

告别了，我的中学时代！我在那个年头里，曾经浪费了人的一生中再也不会重复出现的、仅仅属于那个美妙年纪的热情。这是我今天最为惋惜的，我记住了。

## 二、热爱大自然

我怀念美丽富饶的胶东半岛。

渤海湾畔，是一片辽阔的海滩平原，平原上有一望无际的稼禾，有郁郁葱葱的林木，有汩汩流淌的小河……离海五六华里的一片树林深处，有一所学校。我的小学和中学就是在这儿读完的。

我们上学，要穿行在树林里；放学回家，家在果园里；到外边玩，出门就是树林子；割草、采蘑菇、捉鸟，都要到树林子里；去河边钓鱼，到海里游泳，也要踏过大片浓绿的树林……我们学校那时候上劳动课，老师常领我们到林子深处采草药；有的课，比如音乐课，有时也到林子里上，大家把歌声撒落在枝枝叶叶中间了。我们写作文也常与林子有关——记得我有一次看到教室门口一棵苹果树上的果子不断丢失，就写了一篇文章，题目是"从一棵苹果树看我们的责任心"。校长看了十分赞赏，鼓励之后，又推荐给老师和同学们看，很使我兴奋了一阵子。同学们还在林子里学过舞蹈，有一个年轻女教师，能歌善舞。她教大家，说一声"预备——起！"大家就跳了起来。她的舞姿真美，我至今记得那林中跃动的身影……

那是一段永远让人怀念的时光。我想起我的中学时代，首先想到的就是那一片一片的林子、一片一片的绿色。我庆幸自己出生在美丽的海滨，也感激当年的老师尽一切机会让我们去和大自然亲近。我们没有把自己整天关在教室里的习惯，今天想，那样也许会变傻的。伏在桌上安安静静读一本好书是愉快的，而到田野里接受大自然的沐浴和陶冶就更加幸福。一个人在中学时期经历的东西很难忘掉，像我，至今记得当时跨越的潺潺小溪，看到的树尖上那个硕大的果子，闪着亮光的三菱草的叶子和又酸又甜的桑葚的滋味……那时候给我心田留下了一片绿荫，使之不致荒芜，使之后来踏上文学之路时，能够那么脉脉含情地描绘我故乡的原野。

我想一个人在他的中学时期，正经历由比较幼稚到比较成熟的特殊阶段，这期间他大半要学会做好多好多的事情，其中很重要的，就是学会去眷恋大自然，热爱大自然！这也会影响他的一生。像俄国的著名诗人叶赛宁，作家屠格涅夫、托尔斯泰，作品中都有大量讴歌自然、抒写风景的优美篇章，他们描绘了那么多美好而多情的自然世界。读他们的作品，你会感觉到那颗伟大而纤细的心是怎样搏动，怎样去挚爱、去追随着祖国的瑰丽山川……我想，一个不热爱大自然的人，难以培养起很强的美的感受能力，也难以写出有华彩的文章，更成不了真正的作家。与作文的关系如此，与做人的关系好像也如此——我总觉得一个对大自然怀有满腔柔情的人，很难是一个品行低下的坏人。

让我们热爱大自然吧！

## 三、捉鱼的一些古怪方法

在没有网具的情况下，要捉住几条鱼是很难的。田野上的河汊沟渠，池塘小溪里，总会有些鱼，大大小小，引诱着人去下手。有的鱼很大，大得让人怀疑它究竟是不是这片水里生出来的。你兴冲冲地跳下水去，扑腾得浑身泥浆，最后还得空着手爬上岸来。你捉不着它。

实际上捉鱼有很多古怪方法。

"浑水摸鱼"被用得多了，也就不以为怪。其实这个方法简便易行，只须跳进水中胡搅一气，那些鱼也就昏头昏脑地探出身子等人来捉了。一片混浊的泥水之上，昂着一个又一个鱼儿的头颅，那是很好看的。

这个方法突出的是一个"搅"字。功夫全在搅上了。其他方法如果也都用一字概括，那么整套方法可称之为"推、搅、掏、堵、诱"。

推鱼最容易。如果你来到一条浅浅的小渠边，被水中清晰可见的鱼影搞得心烦意乱、跃跃欲试的时候，你最好先蹲到渠岸上拔一会儿青草。然后，你抱着一堆青草跳下渠水，趴下身子，两手推着草叶往前走，直走到渠的尽头——水尽鱼存，无一漏网，真是个好方法。不过这个方法"太绝"了些，常常使人欣喜之余又有些不安：对鱼们太狠了？

堵鱼就是将宽水流堵成一个小豁口，使水流由此而变得急起来，并将一草篮放在豁口上。鱼儿随急水而下，不得翻身，常常在篮底积下一层。这种方法的唯一缺憾就是逮不住大鱼。大鱼力气大，翻身有何难。

诱鱼是比较难做的。诱饵香甜诱人，却不一定合鱼的口味。如果它们循着气味游过去，直游到那个人为的生命的陷阱里，你在岸上就会兴奋起来。没有办法，鱼们平常就爱躲在深水里、草根处，只有用诱饵将其引逗出来，引到一个便于围歼的地方。这个方法可能受了某部兵书的启示：对付人的计谋有时用到自然界的其他生物身上，竟同样奏效。

掏鱼大概算最古怪、最费解的方法了。这个方法是我们发明的。"我们"在当时实际是一群孩子。天真无邪，面对游鱼，也就想出了这个方法。大人们反而想不出，大人们太复杂了。我们不止一次地发现这一奇怪的现象：有人就因为失去了纯真，结果就失去了巨大的创造力。捉鱼也是一样……

如果渠长水深，没法"推、搅、堵、诱"，那怎么办呢？那就跳下水去，在渠的水线上挖一个个碗口粗、尺余深的洞洞。挖过之后，你就在渠水里来来回回地走动，像散步那样。走上一会儿，你感到疲累了，就可以伸手到那些洞洞里掏鱼！鱼已经装了很多，全在洞底，顺着掏下去就是——这究竟是为什么，谁也说不清。这简直像是一个梦境，一个非常美丽的、只属于童年和少年的梦。但它又实实在在是一个可靠的、古怪的捉鱼方法。

不难看出，以上方法只能用来捉淡水鱼。

有人说淡水鱼比海鱼更有滋味。我相信这个说法。但我不明白它们是怎么生出来的。如果有一潭水，只要不去管它，迟早里面会生出鱼来。而庄稼还需要播种呢，这鱼真是天赐之物。如果掌握了一些古怪方法，随随便便就可以从田野里携回鱼来，一食为快。

吃的方法很多，比捉的方法又多出几倍。用油炸、用水煮，有时还故意让活鱼下锅。但这毕竟是大人们的事情。孩子们如果捉到了鱼，常常用友好的、温存的目光看着它们，似乎从中感受到了其中可以沟通的什么东西。他们总是把鱼儿养起来，心中充满了希望……

写到这里，我不由得想到：如果我是一条鱼，又逃不脱那"推、搅、掏、堵、诱"的话，那我希望败在纯真的儿童们手里。

张炜，一九五六年十一月生，山东龙口人，当代著名作家，现为山东省作家协会主席，万松浦书院院长。

自 牧：

# 我 的 初 中 生 活

　　我的初中生活是在"文化大革命"后期度过的。时间是一九七一年初到一九七二年底。地点是在本村的固玄店联中，校长名叫王贻水。所谓"联中"，它与"文化大革命"前的正规序列下的中学是有着本质上的区别的。正规序列中学多为市属或区属，而"联中"则为公社所属，也就是现在的乡属或镇属。淄博市周村区境内的市属区属中学有淄博六中、七中、十九中和二十四中。这四所中学中，距离我们家最近的是一九五八年建校的淄博第二十四中学。二十年间，我们邓家从二十四中毕业的学生有大姐基芬，小叔鸿泽，大哥基庆，二哥基成。因为"文化大革命"对全国教育体系的干扰和破坏，分三年次第考入二十四中的小叔、基庆哥、基成哥却一律于一九六八年毕业，所以说同是中学毕业生，基成兄却是少上一年课的。一九七三年春天，当我考入这所中学（实际上为高中）时，校名已改为了周村区张坊中学；所谓"联中"，即为大姜公社属下的三个村联办的中学，三个村分别是固玄店、固玄庄和胥家庄，因为我们村较大，当时大概有一千四五百人，又加上位置居中，所以联中就设在了这里。至于任课老师，除了三个村小学选派的以外，还有个别的是公社教育组派来的。

三十九年后，我能叫上名字来的联中老师，有一班的班主任张登堂，我所在的二班的班主任李秀芳，教物理的潘振国，教数学的高继文，教化学的段立云，还有两三位只知道姓，已不记得其尊号大名了。如果排一下联中班级序列的话，我们应该是第二届。刚刚入学时，由于教室不够用，我们七一级来自三个自然村的六七十名学生便在天主教堂（校园内有一座修建于一九二八年的天主教堂，后来一分为三，最里面的祭坛部分成为仓库，最外边为五年级教室，中间为教师办公室）后面的三间大教室内上合堂大课，水多鱼杂，人多嘴碎，上课时的秩序往往不太好，而当时教化学的段老师正处于怀孕期间，腹部隆起已十分明显，大家取笑打闹往往都和她的肚子有关，这也和她伶牙俐齿、说话噎人不无关系；而上物理课的潘振国老师才二十多岁，因为他的课讲得好，说话做事的态度又很严厉，所以大家一般都不敢惹他，甚至有意躲避他，我作为副班长兼物理课代表，收发作业也每每看他的脸色行事。一年以后，我们上一年级的学习和家庭成分好的同学按比例推荐去上高中——张坊中学，学习不好和成分不好的则回村种地去了，他们倒出的教室便分给了我们，分班时，我被分在了二班，班主任是教语文的不到三十岁的李秀芳老师，她是师范毕业生，家住周村街里，听说她是作为回乡教师来到联中教书的，为人温良和善，对我们这些学习好的学生尤为关心。她曾号召我们每天写日记，并不时抽查，意在提高学生的写作水平。我的作文不但多次在班上念过，还上过校园里的黑板报呢，这也许是得益于她所倡导的写日记活动吧。后来她嫁给了济南造纸厂一位姓宋的工人师傅，随后她也调到了济南市堤口路小学任教，有时见面，她每每为学生们所取得的成绩而自豪。而一班的班主任是教语文的张登堂老师，他面色黝黑，好像手有残疾，写得一手自创的隶书体毛笔字，逢年过节，他所住的胥家庄和他所执教的我们村便有不少人家贴上了他写的对联。他的隶书，写时多用扁排笔，最突出的特点是捺的末端回笔加重，看上去就像给捺字穿上了"小鞋"一般。作为班主任，他和李秀芳老师的管理方式不尽一致，也可以说是相反：李秀芳老师主持的二班选出的班干部为人比较正派，肯于学习，基本上都是学习上的尖子；而张登堂老师呢，他采用了戴高帽"压"或戴"紧箍咒"的方式，选了几个学习不怎么好，但有"号召力"的学生出任班干部，你不是能闹好闹吗，封你个班长、副班长或什么委员，让你自我"约束"之。但一个学期下来，学习成绩的名次，一班就远不及二班了。

在各门课程中，我对语文、地理用功最少，但考试成绩最好，对化学、物理也说不上喜欢或不喜欢，只是按时完成作业而已。除学习之外，上体育课时我喜欢打乒乓球和篮球，但只是打着玩而已。那时的篮架和篮板都是前几年红卫兵扒坟的"战利品"——棺材木做的，篮筐下一直没有网子；而乒乓球台子都是水泥板做的，拍子都是光板的，打起来响声很大。初中两年里，学农活动一是去村西北的农业科学技术试验田学习嫁接桃树（试验田北侧是公墓，坟中间则栽有桃树，而且多为时髦的蟠桃），运用这一技术我曾在自家院内的一棵小杏树上成功地嫁接了一个桃芽，当桃芽长到一拃多长时，大家你捏他摁地过来观看，不小心给碰下来了，这让我惋惜了很长一段时间；而学军活动，除了每年组织一次去周村飞机场参观教练飞机外，还进行过一次拉练活动：从我们学校步行沿着三〇九国道到淄博市委所在地——张店，晚上就睡在了张店西郊的山东农业机械化学校的教室里，好像还到淄博第五中学参观了什么展览；学农活动，让我们感到很实用，一个农村孩子，不掌握农业科技知识怎么行？学军活动，锻炼了体魄，开阔了视野，感到很新鲜，当时有心想当一名解放军战士，但那时唯成分论，我们这种上中农家庭子弟允许你报名参军，但却不允许你参加查体（不符合政审要求）。另外，再加上我们家社会关系复杂（姥娘家、姨家均为地主成分），入团时任凭你怎么努力，一般是过不了政审关的，就连我在省委机关工作的父亲，也是因为社会关系复杂一直被排斥在党的大门之外，后来"重在政治表现"了，他又病退了，在他来说，未能入党，成了一生中的最大遗憾。

俱往矣，三十九年过去了，弹指一挥间。现在看来，我的初中生活还是基本正常的，当然了，如果"文革"早结束几年，我的初中生活也许会更加丰富多彩。

自牧，原名邓基平，一九五六年八月生于山东周村。一九七五年参加工作至山东省委办公厅，一九九一年毕业于山东大学作家班。二〇〇二年晋升为国家一级作家。

彭国梁：

# 长沙和浏阳的交界处有一个江背中学

　　我的老家在长沙市东边的乡下，距长沙大约四十五公里，系长沙和浏阳的交界处，旁边有一条公路，就叫长浏公路。我的老家大名江背，为何叫这么个名，我也一直没搞清楚。我们那地方是没有河也没有江的。与江背相邻的五美倒是有一条著名的浏阳河从其中穿过，江背的"江"是否与这一条浏阳河有关呢？不得而知。江背是在浏阳的"臂弯"里。我从长沙回老家，先得经过浏阳的永安，然后是江背，再往前，又是浏阳的跃龙了。江背中学就在长浏公路的旁边。

　　还得交代一下，我读小学时，进的是江背小学，当时的小学是和初中连在一起的，也是在长浏公路的旁边。小学和初中合起来称为江背学校。在我的记忆中，只有小学一年级第一学期用的是全国通用的正式教材。从小学一年二期开始，直到高中毕业，用的教材都是临时的，拼凑的，或者说是乌七八糟的。还是来说说我的中学吧。我的初中是在江背中学读的。我在读初中时，在距江背学校一公里处，有一所社办中学正在热火朝天地兴建之中。这一所新建的中学便是新的江背中学。我的高中就是在这所新的江背中学读的。我当时所在的班是高四班。我进高中的那一年是一九七二年。

现在想起来，这江背中学真是一个十分奇怪的学校。她最怪的地方是，不知为什么，在那么一个颇为偏远的乡村中学，竟然汇集了那么多就是用今天的眼光来看都是非常了不得的老师。先说我的班主任老师吧，他叫曹泽杨，湖南师范大学中文系毕业的。我一直记得他那与众不同的粉笔字，行云流水，显示出一种个性鲜明的无拘无束。他学识渊博，好像没有什么问题能把他难倒。他会拉二胡、京胡、小提琴。他会翻空心筋斗。有一辆东风牌的货车从他的旁边过，他跟着跑几步就可以爬上去。他喜欢打篮球和乒乓球，而且都是学校中打得最好的。那时候的曹老师在我的心中，简直是无所不能。后来，我在长沙工作，曹老师也调到了长沙的一所重点中学，他一直都是教毕业班的。他还写过几本与长沙地域文化有关的书，即《长沙忆旧》《湘人百态》《湘城掌故》。这几本书他都是与全国著名的漫画家石卜合作的，其形式都是一文一图。在长沙的二十多年时间，我一直都与曹老师保持着密切的忘年之交。

再说刚才提到的全国著名漫画家石卜吧，他原名叫周正。在江背中学时，他是我们的英语老师。他最著名的系列组画《马大哈大叔》，曾在《中国日报》的英文版和法文版上连载过四十多组。当时的漫画界前辈华君武、方成等老先生都曾给予过很高的评价。后来，他又创作过系列漫画《老两口》，在全国各地的报刊上连载，也引起过不小的反响。在江背中学教书时的周老师，刚从城市到农村，真是闹过不少的笑话。比如见竹子长得好，他就问，哪里有竹秧子买？又比如挖红薯，他见别人挖的比他大，便问何故？告之曰：要挖得深。于是，他就拼命往深里挖。挖到锄头都扯不出来了，他就用肩膀去扛，结果，锄头把断了。那时候，周老师是以"憨"著称的。

还有教化学的彭鸣凯老师，他的父亲是著名诗人、词学家，湘潭大学的名教授彭靖先生。彭老师比我大不了几岁，后来我们是一同参加高考的。他曾经带我到长沙玩过，两人还一起看过电影。而且，在电影院里还偷偷地抽过烟。关于我抽烟的故事，等会再说。我记得那时我还跟着彭老师到他位于北正街的家里去过。他们家的姊妹是很多的，最小的叫八妹子。我记得，彭老师和八妹子为什么事打赌，他们背化学元素周期表，看谁背得快，两人让我大开眼界。彭鸣凯老师现在湖南教师进修学院任教，他主编的《中学生化学报》在全国都是很有影响的。

教我们数学的老师叫黄卓杰，据说他是当时的长沙县唯一一个从北京师范大学毕业的。他的夫人也是教数学的，典型的城市美人。还有教体育的周国光老师，一米八几的个子，天生就是搞体育的料子。在我的印象中，除了曹泽杨老师的篮球打得好之外，第二个就是周老师了。他们两个似乎是难分高下的。还有一个篮球打得好的老师姓刘，好像是叫刘世成，教我们高一个年级的语文。后来据说他调到长沙县当了管文教的副县长。还有教物理的，也姓曹，也是长沙市一所高校毕业的。还有曾在长沙市一家花鼓剧团当过演员的熊梦鹤老师，他是我们的文娱老师吧？有点记不清，反正，他是辅导过我们排练节目的。熊梦鹤老师最拿手的是打快板，我记得最清楚的段子是《新旧南门口》和《消灭"四害"打老鼠》。我后来在长沙县的"五七大学文艺分校"时一项特长是打快板，便是受他的影响。再后来我进大学，还上台表演过打快板，且获得了老师和同学的一致好评。这功劳还真要归功于熊老师。还有几位打扮入时的女老师，让那时的我对城市的文明充满了一种模糊的向往。一直到现在，我都经常和人说起，我的命真好，在那么一个知识越多越反动的年代，我所在的中学居然从城里来了那么多好老师。这不是谁想遇就能遇到的。

还是说说我自己吧。我记得初中刚毕业时，我们的生产队来了一个城里伢子，他叫王中强。他是为了躲避"知识青年到农村去"而来到亲戚家的。他会画画，还会拉小提琴。他在我的面前展现了另外的一个世界。于是，整整的一个暑假，我便跟在他的屁股后面跑来跑去。那时候的夏天没有现在这么热，我和他在坝坎子里捉鱼，或在某一个山坡上听他拉琴。有一次，我和他在江背小镇边上的一个水碾房玩。我爬到了水碾子上。不知怎么水碾子忽然被水冲开了，水碾子由慢到快加速地转动着。我急得哇哇大叫，随时都有被摔到水坝里去的危险。后来是怎么下来的，是不是王中强关的水，也不记得了。但我不会忘记的是，那一次我差一点连命都丢了。我抽烟就是和王中强学的。那时我们还用英语的谐音美其名曰"司慕克"。顺便说一下，我与王中强在分别将近二十年后的某一天，忽然在长沙的街头相遇了。这一遇，我们的友好关系又接上了。他在一家台资的娱乐公司任职，我在一家小报当编辑，后又到一家文学杂志当主编，王中强都给过我很大的支持。当然，我也利用新闻媒体的朋友助过他一臂之力。我和王中强至今还是极好的哥们儿。

也就是因为抽烟，进高中时，学校某领导提出这样调皮的学生不敢收，曹泽杨老师说，他不怕，因为这个学生成绩好，就放在他的班上好了。进高中后，我依然恶习不改，烟照抽不误，当然是偷偷地抽。曹老师的烟经常放在书桌上，那时的烟我记得有一角三分钱一包的"红橘"，我们称之为"南瓜砣"。还有两角钱一包的"岳麓山"，二角六分钱一包的"黄金叶"，最好的是"大前门"，三角钱一包。曹老师的书桌上一般是没抽完的"南瓜砣"。曹老师的烟我是偷过不少的。周正老师的烟我也偷过，印象最深的一次是他家做藕煤，我和两位同学发现周老师的上衣口袋里有烟，就装作关心的样子，说天太热了，要他把衣服脱下，我们帮他送到寝室里去。周老师觉得这些学生真不错，知道体贴人，于是二话没说就把上衣脱了下来，后果可想而知。好多年后，周老师也调到了长沙一所中学，说起这件事来，他还佯装着愤愤地骂人。到彭鸣凯老师的寝室里去玩，我的胆子就要大得多，因为他宠着我。有时，我和他两个人共着一支烟抽。我曾经写过一篇文章，题为《我的抽烟史》，我大约抽了有七年的时间。进大学的第一年，我就把烟戒了。而且，戒得好像还很轻松，这说明我那时的烟瘾并不是特别地重，很多的时候是想抖一种男人的派头。

在中学时，我还是一个乒乓球运动员。先是校队的，后来又是区队的，受过一段时间正规训练。我到县里参加过比赛，拿没拿过名次，不记得了。现在偶尔打打乒乓球，拍子一拿，好像就能找到当年读中学时的感觉。朋友们一见，都说，看得出，曾经是受过训练的。读中学时，还有什么值得说说的呢？我们那时候读书是连单车都没有的，全靠两条腿跑来跑去。每天放学回家，要么到生产队去做一气工。在生产队做事叫出工，一天分为四气，每气近两小时。要么就去寻猪草。总而言之，放学回家是要做事的。暑假呢，雷打不动地参加生产队的"双抢"，抢收抢种。那时的"双抢"没有一个多月是怎么也搞不完的。每天天不亮就得起来，晚上天黑了还不能回家。我那时挑得起一百多斤的稻子，工间歇气时，就坐在家里的门槛上吃米汤泡饭，好大一碗，什么菜都不要。有一次"双抢"，我在田里踩打稻机，踩着踩着，发了痧，晕倒在田里了，是被人抬回家的。

读中学时，我记得有一段时间特别流行戴军帽，而且抢军帽都成了一种时尚。我曾经想方设法从我们队上的复员军人三哥处死皮赖脸地要到过一顶，如获至宝，一直戴了好多年。我至今还留着一张当年戴军帽的照片。我在读中学时，仿佛是没有初恋故事的。朦朦胧胧喜欢一个女孩子的事是有过的，可那是单相思，对方是不知道的。

絮絮叨叨地说了这么多，现在想起中学时代的事来，还真是有了一种遥远又遥远的伤感。此时，窗外的斜阳正扬着告别白天的手，因此，心中也就涌动着莫名的惆怅。

彭国梁，中国作家协会会员。一级作家。原《创作》杂志主编。现为长沙市文联专业作家。

宋曙光：

# 我 的 班 主 任

　　师生重又相见的这一天，经过三十余年漫长期待之后，终于盼到了。我的老师从香港回到内地，来看望他始终想念的学生。当我们见到阔别多年的老师，报上自己姓名的时候，我发现，老师的眼圈儿红了，他大声地重复着我们的名字，似乎要把眼前的情景，重新拉回到当年的校园。

　　那是上世纪七十年代初期，老师三十八九岁，年轻且胸怀抱负，我们大都在十五六岁，懵懂之中初学做人。当时班里的课堂纪律混乱，老师奉命前来接班，可第一天上课，并没有出现以往的"哄堂"情况，这是因为我们第一次见到了这样有风度的老师，并且知道老师还是一位泰国归侨，可能就是缘于对老师爱国心的敬佩吧，初次相识，师生之间留下了良好的印象。

　　学生时代，使我难以忘怀的老师，当属这位中学时期的班主任韩良平。虽然从小学直到大学，教过我的老师有七八位之多，但是像韩老师这样印象深刻的班主任却不多。实际上，在61中学，我和韩老师也只相处了两个学年，那段时光的零星记忆，不知为什么，竟然一直在心里埋藏了三十多年。

老师是否还有当年的印象？从那时到现在，岁月倏忽，弹指间三十余年过去了，而今，老师已是七十岁的老人，他坐在我们中间，一边听我们说话，一边用眼睛细细地打量着我们，似在回想坐在他身边的这些学生，是否还有当年的影子？而我们也在端详老师，当年的老师高高的身材，戴一副黑色宽边眼镜，梳着整洁的背头，烟瘾很大，走起路来的步幅也很大……

老师在我们的回忆中，开怀地笑着，仿佛又使我们回到互为师生时的场景，只是当年的老师是不苟言笑的，作为师长，他需要有一种威慑，而我们认可这种威严，完全是出于对老师认真执教的服膺，老师在课堂上那带有南方口音的授课声，常常使得教室里鸦雀无声。作为学生，能够对老师怀有敬意，在很大程度上，取决于老师的教学水平和为人师表的品行。

在学生的心目中，老师总是有些神秘，有关老师的个人情况，我们是后来才断断续续地听说的，知道老师毕业于河北大学，对语文教学很有经验，这些已经在课堂上得到了证实。关于老师的身世和家庭情况，我们不是很清楚，但非常关心，多少有些耳闻，尤其是像老师这样的华侨身份。在上学途中，我们就曾经结伴到当时位于黄家花园的一家土产杂品商店，去"偷看"老师的爱人，因为我们听说这位年轻的师母也是华侨，而且很漂亮。结果也是这样，师母是位售货员，长得白皙、丰满，和老师很般配。当时站在柜台后的师母肯定不会想到，这几个心怀想法的中学生，是来验证她的相貌的。老师有两个儿子，都很聪颖，尤其对小儿子，老师相当地疼爱。

老师们虽然很努力地教课，但当时畅行"读书无用"论，甚至连期末考试都被取消了，每到新学年，学生都是自动升级。中学毕业前的最后一个学期，已经没有任何教学课程，全班学生被"放逐"到天津罐头厂学工劳动，一干就是三个月，直到学年结束。这期间，老师一直跟着我们，在生产车间，经常会看到他身穿白色围裙来回穿梭的身影。中午休息时，老师根据学校的要求，组织我们集中政治学习，具体"作业"就是批判《神童诗》，让我和另外几个语文比较好的同学，将《神童诗》分成若干部分，每人分领一段儿进行分析、批判，然后再纂成一本小册子，由老师通过学校印刷装订，发放给同学们学习。对这本有着黄色封面的薄薄的小册子，我早已经忘记了名称，但在当时，它却是我们开门办学，走向社会大课堂所取得的所谓学习成果。

由于历史的原因，老师不能尽到传授知识的责任，该是一件多么痛苦的事情！我始终认为，老师是有理想、有抱负的，他极想在教书育人方面有所建树，可是不行，空有一腔热血，而终究不能有所为。我在离校之后的许多年，心中都抹不掉老师的影子，在听说老师于一九七九年定居香港后，我的心里不禁又多了一份失落与惆怅。

对老师的思念，让我拿起笔来，以老师为原型，写了一篇散文《校园生活回忆》和一首叙事诗《第二次归来——给一位班主任》，时间分别为一九七八年和一九九三年。文章和诗歌都是以母校为背景，描写一位人民教师，在"文化大革命"中所经历的坎坷与磨难。但又怕给老师找麻烦，我把它们放进抽屉里，一直"埋藏"着，就像我对老师的想念，始终是深藏在心里一样。

身为教师，老师是不愿看到学生荒废学业的，他便在做人上做出表率，尽心尽力地尽到班主任之责。老师喜欢语文好的学生，班里哪个学生的文笔好，他就表扬；老师善解人意，他说有的学生上课捣乱，那并不是坏，而是调皮；老师做家访时，说得最多的，是学生的本质，是长处……如今，三十多年过去了，学生们或多或少地都能回忆起，老师曾经给予过的教诲和帮助，哪怕只是一桩微小的、不起眼的，甚或有的连老师自己都早已忘记的小事，学生却是一生铭记。

那年夏季，我正在家里等待分配工作，一天下午，老师忽然蹬着自行车到家里找我，通知我到学校面试，说有一家新闻单位特别适合我。这个消息令我振奋，从心里感激老师的惦记。后来得知，为争取到这个分配名额，老师极为尽心地做了推荐，他对负责分配工作的老师们说：

"可以比一比嘛，我的这个学生有作品！"

这就是在学工劳动期间，每天下班回家，吃完晚饭我便埋头写作，不到两个月时间，竟然写出了几十首诗歌，并且用钢笔工工整整地抄写在白纸上，自己装订成册。之后，我惴惴不安地将这本"诗集"呈送给老师，请他给予指点。就是这一情节，让老师记在了心里。

在老师的心中，诸如这样的情节很多，老师几乎记住了班里每个学生的爱好和特长，并且在关系到学生一生命运的毕业分配中，想尽办法地提供关照，想上学的去上学，想当兵的送去体检，想参加工作的尽可能选择一个好单位。现在想来，对于一个普通的班主任来说，他所能做的都做到了。

老师身在香港，一直惦念他工作过的学校和教过的学生，近几年，他常有回内地的计划，却又都因事情牵绊而搁浅。是的，老师仍然是忙碌而勤勉的，五年前，老师用泰文出版了一本介绍海南岛的专著（老师祖籍海南），这次回内地，老师又带来了新近完稿的三十万字的《美丽而神奇的泰国》一书。可见，老师在晚年的生活是充实而愉快的，虽然在香港的生活压力很大，老师作为一介书生，自然不会财运亨通，但老师没有放弃专业，仍在香港的大学里教授中文，师母也相跟着一起授课。老师说，他不给自己施加压力，能够做一些喜欢的事情就很满足了。

翻阅着老师的书稿，我的心头不由得漾起一阵别样的情愫。这多年来，我在心中"囤积"的情感，该怎样向老师倾吐？我突然感到，语言在此时是多么无力，我像三十余年前一样，仍是怀着惴惴不安的心情，向老师呈送上我的第一本诗集《迟献的素馨花》，但此情此景已不似当年。我能预感，这本凝聚着或曰记录了我的真情实感的诗集，老师一定会从中读出我的心声，我的向往，我在人生历程中的努力与跋涉。

师生重新相见的这一天，来得如此漫长，其间的世态炎凉、人情变化，会改变多少东西？我始终相信，师生情谊永远不会受到玷污，因为老师既给过你知识，也给过你思想，在施教与受益者之间，感恩是学生终生的情怀。

毕竟三十余年过去了，我默默地观察老师，发现老师虽然比实际年龄要显得年轻，但从背影望去，还是老了，他的体态和步幅已远不如当年，而我们也不再青春年少，在体验过懵懂、感奋和得失之后，这段师生缘已经被刻录在心底，在未来那依然漫长的岁月中，将时时发出生命之光。

宋曙光，一九五七年生，大学学历，现为天津日报文艺部副主任，高级编辑，中国作家协会会员。

朱绍平：

# 依依云溪

前些天，父亲回老家整理柜子，带回一本旧相册，里面有许多旧照片，其中有一张合影，它拍摄于一九七六年五月。我记得那是下乡学农时拍的毕业合照。虽然相片里的身影不太大，但当年留下的字迹还是很清晰："楂林中学第五届高中毕业生甲班合影。76.5"。适逢阿滢兄发来征稿电子邮件。趁着"五一"小长假，泡一杯安吉白茶，我的思绪又回到了我的中学时代。

我就读的中学叫楂林中学，地处山区，是一所乡镇中学，离义乌县城近五十华里，在当时算是比较偏僻的地方了。乡镇撤扩并以后，我的母校中学已经不存在了。前两年我回乡省亲，专门去学校转了转，已是面目全非，几近找不出当年的痕迹了。身临其境，让我想起某年浙江省的高考作文题目《行走在消失中……》，心里思忖，也许这就是一种注释吧！

楂林村，是当年义乌一个公社的行政所在地（现在已经并入大陈乡），有两个村（当时称大队），一为上半村，一为下半村，"大跃进"时代，改名为大众村和群幸村。我们的中学就坐落在上半村和下半村的交界处。原址是楂林村的一个祠堂，名曰"昌宗祠"。据说是骆宾王的后代逃至楂林后修建的骆姓宗祠。村里的骆姓家族，比较出名的是"骆家三兄弟"，老大骆美轮，老二骆美奂，老三骆美中，均在国民政府中担任过要职。老大和老二的名字，取自成语"美轮美奂"。村里还有一位骆姓名人，叫骆美洪，毕业于时迁重庆的上海交通大学土木工程系，后赴美留学，进康乃尔大学主攻结构学，毕业后留居美国，后成为美国著名的航天专家。改革开放后的七十年代末和八十年代初，受我国政府邀请，曾两次回国作有关航天飞机和火箭导航方面的讲学。

楂林村背山面水，背靠之山，村里人叫后山，我们的学校就坐落在山脚下。后山不高，花二十来分钟即可登顶。春秋季节，如遇天气晴好，一学期的体育课中，或者上课，或者比赛，总会安排一两次登山活动。当时的体育课，除了田径以外，乒乓球、篮球就是最经常的活动内容了。我的印象中，体育课是同学们最喜欢的课程了。

村庄前，沿前山脚下，是一条叫云溪的河流。它从苍翠如碧的大山中流来，蜿蜒曲折，滔滔不绝，流过楂林村前，河水依然清澈见底。在前山脚下的拐弯处，是一处深潭。每逢夏天，这儿就是村民们的天然浴场。当西方的天边抹上一层淡淡的绛红色，夕阳余晖之下，有小孩的欢叫声，有大人们过往时的亲切招呼声，有拖拉机行驶时的轰鸣声，这样的场景，现在我还能清晰地回忆得起来。

我读高中时，印象最深的就是我们的校长谭福寿了，当地人都尊称他"谭校长"。在楂林方圆几十里内，凡家里有人在中学念书的，只要提起"谭校长"，几乎没有人不知道的。他身材高大，肤色黝黑，能喝酒，酒量有多大我并不清楚，但烟瘾大是肯定的。见到他时，总给人感觉他手里是夹着香烟的。在我的想象里，谭校长脸色较黑可能是与抽烟凶有关的。

后来我才知道，为什么谭校长有那么高的威望。这所中学就是他一手办起来的。他是放牛娃出身，也经常以"看牛百长"自豪。新中国成立后，因办"冬学"扫盲班而闻名全县。据说，他为了把村里不识字的大人集中起来，自费掏钱购买蜡烛和煤油灯。因楂林离县城较远，交通又不方便，加上谭校长干劲足，看重文化人，上面就将他派到楂林村来办初中了。为了将当地的祠堂改办成学校，谭校长不厌其烦地上门做解释动员工作。当年他身强力壮，亲自到几十里远的大山里，与山民们一起砍树扛木头。当地的老百姓，心里都明白，如果没有谭校长的执着、卖力，就不可能建成楂林中学的校舍。

谭校长的本事，最典型的，还是体现在他的爱护人才上。我们的中学，虽然是一所民办高中，但是师资力量还是可以的。这些都是因为谭校长的爱才和护才。老师有困难，只要让他知道了，他都会把它当成是自己的事来办。当年老师买猪肉是一件难事。只要他出面跟卖肉的摊主打声招呼，好肉就给他留着了。他还喜欢给人介绍对象。我们化学老师的爱人，就是谭校长牵的红线，做的媒人。谭校长的小女儿谭秋华，是我初中、高中的同学，人长得高挑秀美，只是肤色有些像她的父亲。听中学同学说起过，她后来担任过当地一个镇上的小学校长，可算是书香传家、女承父业了。谭校长还有一个儿子，大学毕业后任职于杭州的海洋研究二所，算来，也应该是退休的年龄了。

楂林中学最有名的语文老师是徐俊坤老师。人瘦小，话语亦少，平常总是一脸严肃。但凡听过他上课的学生，都会对他的认真、严谨留下深刻的印象。板书也好，批改作业也好，总是一手硬笔小楷，有板有眼，工整规范，给人不留情面而又毫无通融余地的感觉。他是老浙江大学文学院的毕业生。原来在金华师范教书，爱人是小学老师。在那个特殊的年代，忽然一夜间被打成了"历史反革命"。下放农村时，被谭校长接纳了。我读初中时，他就教过我的语文课，讲课很投入，脸上表情也严肃认真，知识性、系统性都很强。他平时经常要求我们摘抄好文佳句，这在当时的中学是比较少见的。他的教课风格，恰如他的板书，始终是一板一眼的。徐老师对我写的作文，一直都是赞赏有加，大多时候给的成绩都是"优秀"，还有很多次把我的作文当作范文，拿到班上进行讲评。我记得有一次，我问徐老师一个什么问题，他一时不能给予肯定答复，第二天上课前，一张白纸递给我，上面把答案写得工工整整，清清楚楚。听我父亲说，徐老师的儿子徐久久，后来考上了中国社科院博士研究生，现在中国社科院任研究员。

我父亲当时也在这所中学任政治课老师，还兼任校教导主任。可能是与我父亲毕业于复旦大学研究生有关。我父亲给我们班里教课并不多，印象中只是代过几次课。我们政治课主要是骆加林老师上的。我记得他有一次在课堂上表扬我，说我在厕所里解手时，也是在看书的。我至今还记得起，他当时说这些话时的神情和手势。可见中学老师的表扬作用之巨大也。

骆老师的板书和毛笔字都写得很漂亮。我第一次体会到什么是"飘逸""灵动"，真正感受到了中国的书法之美。我记得当时有多位老师的字，写得都很好。学校里要张贴标语，书写多出自副校长楼梅春老师之手，字体严谨端庄，颇得柳体之真传；教物理课的吴圣明老师的字，刚健雄厚，似有颜体雍容大气之风范。可以这样说，我中学时代的老师们，让我明白了一个道理：原来书法和板书也是可以这样来打动人的。

我的中学，学校不大，仅有一个很小的图书室。记得管理员是搞后勤的人兼职的，可能姓楼，叫什么名记不起来了。印象最深的是，里面有几套《十万个为什么》，封面黄黄的，上面设计了一些几何化学图形。直至前些年，我在书摊上还专门买了一些回来，并非想收全，只是想收藏中学时代的一段回忆。可能因为我是教工子弟的缘故，每次去借图书，管理员都会私下里多借给我几本。当时作业并不多，空闲时间也有，加之我看书又比较快，不到两个星期，就会去图书室换书。每次，管理员都会朝我看看，并说上一句："都看完了？"实际上，并不可能完全通读过。我看书一直有个习惯，凡自己感兴趣的，读得是比较仔细的，如不对自己口味的，就挑着看看，但一般都会浏览一下，心里在想，毕竟自己借来，不翻翻有点对不起放在我这里的两个星期时间。我现在读书也是这个德性，看来，根源可以追溯到中学时代了。

说到书，我记得我班上有一位姓林的同学，高个子，头发自然卷，他经常会借给我一些平常难得看到的小说。如《林海雪原》《烈火金刚》《野火春风斗古城》等，都是这位同学借我看的。记得为了一册《野火春风斗古城》，差一点让一位同学受处分。有一次，林同学借我这本小说，还没有看完就发现不见了。于是我向班主任报告，班主任很策略，先在班上跟大家宣布，说是发现我的一本书不见了，请那一位同学主动放回我的位子上，可以不追究，如果明天还是发现没有放回原处，一旦查出，将严肃处理。果然，第二天我再到教室时，发现小说已经回到我的桌柜里了。当时，我对是谁拿了我的书，心里是有些数的。我还将怀疑对象向老师作了报告，因为这位同学平时就很喜欢我看的书，自己也经常有一些旧书拿给我看。当时，手里有几本旧小说，同学们眼里就会闪烁出羡慕的眼神。班主任的处理方式，不但帮我找回了丢失的书，而且更重要的是，保全了这位同学的面子。我现在还在想，这件事，对这位同学一定会有很大的教育作用。不知道，我这位老同学，如今是否还照样喜欢读书呢？

朱绍平，男，一九五九年三月出生，现任浙江省人力资源和社会保障厅副厅长，大学客座教授。

子　张：

# 当年中学生
# 所忆在莱芜

一

阿滢先生出了个很撩人的题目："我的中学时代"。

不说古代，只说民国以来的新式教育，经历过"初级中学"和"高级中学"教育阶段的中国人按十年一代算算，也有了不止百年、不止十代的历史变迁与新知积累了。无论是尚且健在的耄耋老人，还是刚刚由水深火热的高考炼狱挣脱出来的十八岁少年，谁没有属于自己的、永远都特别、永远都鲜活的中学故事？"我的中学时代"，一种带着青春期体温和梦幻的诱惑，又怎么会不撩人？

就是写诗写歌、写小说的，似乎也都钟情于这朦胧青涩、多感多梦的年华！只不过因为时代不同、学校不同、个性和观念不同，写在诗里、歌里、小说里的故事、情感、思想也就不尽相同罢了。民国时代的不说，就拿王蒙的《青春万岁》跟韩寒的《三重门》一比，那差异可就大了去了。我读它们，自然也都喜欢，甚至从书中不同时代的中学生身上看到自己当时年少的影子，但若说到真正的感同身受，还得推王朔的那本《动物凶猛》。王朔所写，是他个人的"文革"记忆，虽然那是北京，是所谓"大院子弟"，但那个时代特定的氛围，却与我记忆中的中学生活最为吻合。

多年以后重聚首，我内心泛起的也正是《动物凶猛》中描述的那种感觉："随着一个个名字的道出，蒙尘的岁月开始渐渐露出原有的光泽和生动的轮廓，那些陌生的脸重又变得熟悉和亲切。很多人其实毫无改变，只不过我们被一个个远远地隔离开了，彼此望尘莫及，当我们又聚在一起，旧日的情景便毫无困难地再现了。"

于是，我的中学时代的幕布便毫不费力地拉开了。

## 二

我不是北京的"大院子弟"，那是我们这些基层干部子弟所难以想象的，可是说来我也毕竟是每天从"大院"里出来到学校上课的孩子，那"大院"的原址就是封建时代莱芜县衙所在，新中国成立后作为县政府地址，"文革"时期的"县委"——"县革委会"的"大院"。我的父亲是这个县公安局的普通干部，我们住的是"县委大院"最后面与县武装部相邻的旧平房，当年日本人盖的营房，木板的房顶，风化严重的青砖墙……

二十世纪七十年代的莱芜县城，沿汶河北岸是老城，一条南北向的胜利路把它切分为东关、西关，东关是集市，西关多学校，县委大院在中间偏西一点。

一九七四年夏，我从西关路南的红星小学五年级毕业，自然而然地升到西关路北的莱芜一中读中学，两年初中又三年高中（其中一年为复读备考），都是在这里读的。初、高中学制两年，大概跟"学制要缩短、教育要革命"的"最高指示"有关吧？

记忆中的莱芜一中，从古朴幽深的南门洞开始，一直到学校后面的教职员宿舍，除了一排红砖的实验室，其他全是青砖平房，大操场之外，至少还有三大块可以种庄稼的"实验田"，西北角还有养猪场和小工厂。经过那个时代的人都知道，这些正是那时候学校必不可少的办学要素。最高指示说了："学生以学为主，兼学别样，还要学工、学农、学军，也要批判资产阶级。"

不错，学工、学农、学军、批判资产阶级，是我的中学时代的重要课程。初中阶段，每周一次劳动课，或是经过学校南门到汶河抬沙子，或是在校园里的实验田耙地，三伏天到西关大队拾麦穗，早春时节参加农田基本建设，每个班里还有一头猪，分小组轮流养。高中阶段的学工，印象深的是到煤机厂跟着一位青工师傅学开车床，知道了除车床外还有刨床等，用遥控器把沉重的机械零件吊来吊去，中午到我姐姐的车间里吃午饭——那时候我姐姐已在这个厂里工作。一九七六年秋季，城东十五华里外的地理沟大队划拨给一中几十亩地办农场，我们背着行李坐大货车去劳动了两星期。一进村，按要求到老乡家里帮人家打水、扫地，作风都是学解放军。一部分同学住老乡家，我们二十几个则住在用秫秸搭起的窝棚里，白天到地里干活，晚上睡觉前必有一次"地瓜大战"，就像电影里的美国飞机在朝鲜扔炸弹，每天闹腾到很晚才睡下。因为窝棚里没有灯，谁也看不见谁，这用"地瓜"做武器的狂轰滥炸就有点像假面舞会，只是不那么文雅罢了。

我在那个农场里待了一个星期，已经有恍若隔世之感。请假步行回家一次，就听我母亲很紧张地告诉我：江青出事了！果然第二天回到农场，就看到村边墙上已贴出了"打倒王洪文、张春桥、江青、姚文元反党集团"的标语，过了一两天，我们和带队老师围坐在地里通过一台半导体收音机收听"重要广播"，北京天安门广场庆祝粉碎"四人帮"的盛大集会，北京市委书记吴德拖着长腔宣告：我们党胜利了！无产阶级胜利了！人民胜利了！

三

尽管大背景多是"大批判"和劳动，但课还是要上的，因而也还有不少值得回忆的细节。

初中两年，我的数学、物理、化学课实在乏善可陈，语文相对比较有感觉。但这感觉并不来自课本，而是来自一个邻居家的阿姨，她闲居在家，爱读书，我借此读了一些革命战争小说；同桌的王惠同学借给我一本没有封面竖排本的《安徒生童话选集》，让我沉浸到了《大克劳斯和小克劳斯》《夜莺》《海的女儿》的意境之中。语文课上真正留下印象的课文只有恩格斯《在马克思墓前的讲话》、高尔基的《海燕》和一篇叫作《江河》的散文。三位语文老师中，王佃宝老师普通话好，曾经在作文课上读过我一篇"批林批孔"的作文，实际上我也是抄的报纸。李希正老师在"评《水浒》批宋江"时抛开"投降派"不说，专门挑《水浒》中的精彩章节讲给我们听，比如"拳打镇关西"和"倒拔垂杨柳"，讲得大家十分兴奋，以至于申春生老师来接他课的时候同学们一致高喊："讲故事！"搞得申老师莫名其妙："不是批宋江吗？怎么讲故事呢？"

那个年代闹书荒，搞到一本书实在不容易，而不容易找到的书又往往被视为"反动小说"或"黄色小说"。记得初中时一位同学借我看一本没有封面、纸页泛黄的《三家巷》，转而又被另一位同学揭发，说我看"黄色小说"。学校图书室每星期可以借书一两次，每次都排很长的队，借到的却只能是《西沙儿女》《征途》《金光大道》这类书，我却也读得津津有味，还迷上了浩然的小说，他的《艳阳天》《西沙儿女》以及早期的短篇小说集都为我所喜爱，后来还模仿他的短篇小说写了几篇比较有感觉的作文。图书室的温老师对我很好，有时可以单独进去挑书，一位语文老师还推荐我看柳青的《创业史》，但我觉得这个书名不能打动我，就没有借。高中毕业那一年，因为有高考这件事，班主任隋庆云老师借我的《子夜》，也没能读下去。

一九七八年当年高考不中，于是插班重新编班进入"文科班"，等于补足了三年高中。语文李希正老师、唐功武老师，数学李家芳老师、洪声芝老师、宋波老师，还有政治老师张伯钊老师，都是一中最好的老师，令我印象深刻，我自己也发愤一年，成为一九七九年考上大学的三十二名学生中的一个。而历史老师申春生，同一年也考上了研究生，后来在山东社会科学院从事研究工作。

### 四

我的中学时代，就形成的知识结构而言，是有严重缺陷的，但作为儿童少年另外一些层面的教育，譬如健康教育、快乐教育甚至道德情操教育，却未必赶不上今天的中学生们。想到近三十年来的中学生们由"高考制度"所施加的难以忍受的学习高压，想到这一代中学生作为独生子女特有的幸运与不幸，想到我们自己少年时期也有荒凉、也有丰稔的岁月，我认为实在没有什么好抱怨的，以理性的眼光打量生活，幸运与不幸都并非绝对。

感谢命运！让莱芜一中选择了我和我的老师们、同学们，编织了那么多琐碎的、快乐与遗憾并存的生命故事，留给我慢慢回忆、细细品尝。

子张，本名张欣，男，一九六一年十一月十九日出生于山东莱芜。先后就读于山东省泰安师专、山东师范大学及南京大学中文系现当代文学专业，文学硕士，教授。现居杭州，供职于浙江工业大学人文学院，任中文系主任。从事中国现当代文学教学与研究工作。

徐 鲁：

# 一九七八年的文学时光

同学少年多不贱，

五陵裘马自轻肥。

——杜甫

　　湖北省Y县，是鄂东南地区最大的一个县份。Y县一中又是一所历史悠久、闻名遐迩的完全中学。校园里有许多古老的建筑，据说那是民国多少年的一个什么书院的旧址。二十世纪三十年代它培养过不少留日、留英的学生，素以理科教学最有影响。人称整个鄂东南一带，最好的数学老师、最优秀的理化老师，都在Y县一中。到了我插班的这一届，文理科也在毕业班里分开了，而且理科占了绝对的优势。整个毕业班共十一个班，理科就占了十个，最后一个班（十一班）是文科班。然而在这个文科班也不可小视。我的班主任白老师说，它是精选了这一届的"文科精华"组成的一个班，个个都是"握灵蛇之珠"，人人都是"抱荆山之玉"的。

当我把从山东带来的高一时的作文本交给白老师看时，他大概是一眼看出了我的所谓在文科方面的优势，所以不由分说地就"要"了我。而我听他介绍了新学校的情况后，也不禁为自己进了这唯一的一个文科班而自豪。后来的事实证明，我的选择是对的。我也尽了自己最大的努力，总算没有给白老师、给这个文科班、给我的新的母校丢脸。二十多年后，母校甚至还因出了我这么一位校友而觉得光荣和骄傲。

大凡做学生的，只要你对哪门课程有着特别的兴趣，或者表现出了特别的天分，那么你总会赢得那门课程的老师的偏爱。从小学到初中，再到高中，我在语文方面的成绩总是很好的，尤其是作文，常常得老师的表扬。我也因此而一再获得语文老师的偏爱，可以说是深受其惠。遥远的水源一直润泽着今天的河床。

转入Y县一中不久，第一次上作文课，我就为自己创造了一个不小的"轰动效应"，使得文科班的新同学从此对我这个"外省少年"刮目相看了。当然，这首先应该感谢我们的语文老师和班主任——白启瑞老师。是他，用一双温情的大手，轻轻拂去了那笼罩在我头上的自卑的阴云，又用他那慈爱的目光，无声地鼓励我说：你要相信啊，再小的星星也会有自己的位置和光亮。我记得那次作文课，白老师出的题目是"记一次难忘的经历"。我写的是自己在胶东的乡村中学失学之后，和村里的一位单身老人——我们都称他为"老哥哥"的——一起在大洼地里放猪养鸭的故事。这的确是我的一次难忘的经历，是我的"人生哲学第一课"。不用说，我写得肯定不会是多么完美，却是动了真情的，字里行间洒下了一个贫穷无助的少年的眼泪。作文发下来时，我看见，白老师用红笔写了长长的一段批语，其中有一句，直到今天我还记得："从水管里流出来的终归是水，从血管里流出的才是血。善矣哉，老哥哥！"

不仅如此，白老师还把我的这篇作文打印了出来，作为"范文"，人手一份，在讲评课上大讲特讲了一番，最后还总结道："古人云：文如其人。通过这篇作文，我们不难想到，作者是一位经历曲折，内心世界丰富和热爱自己家乡的人。好文章总是出其真情实感，此即一例矣！"

如果说，"打印"的作文也算发表的话，那么，这篇作文可以算是我第一次公开发表的作品了。整个文科班的同学都是我的读者。从此同学们都对我刮目相看了。听说，作文事后，一位女同学叶小羽对人说，我就像契诃夫笔下的那个"万卡"一样，内心孤独、想家、落落寡合，还有点像《白净草原》里的费嘉，纯朴而自卑。

白老师肯定也是一位文学爱好者，现在回想起来，他给我们讲语文课，对一些文学性很强的课文，讲的是那么生动，至今使我难忘。譬如他讲《哥德巴赫猜想》时，关于"文化大革命"那一段："……只见一个一个的场景，闪来闪去，风驰电掣，惊天动地。一台一台的戏剧，排演出来，喜怒哀乐，淋漓尽致；悲欢离合，动人心扉。一个一个的人物，登上场了。有的折戟沉沙，死有余辜；四大家族，红楼一梦；有的昙花一现，萎谢得好快啊。乃有青松翠柏，虽死犹生，重于泰山，浩气长存！有的是国杰豪英，人杰地灵；干将莫邪，千锤百炼；拂钟无声，削铁如泥。一页一页的历史写出来了，大是大非，终于有了无私的公论。肯定——否定——否定之否定。化妆不经久要剥落；被诬的终究要昭雪。种子播下去，就有收获的一天。播什么，收什么。……"还有关于数学家陈景润的手稿的那一段："……何等动人的一页又一页！这些是人类思维的花朵。这些是空谷幽兰、高寒杜鹃、老林中的人参、冰山上的雪莲、绝顶上的灵芝、抽象思维的牡丹。……"对于这样一些段落，白老师讲得很细，一边讲一边发出赞叹：这才叫文章啊！工整有力的对仗，淋漓尽致的排比，铿锵有力的音节……何等精彩的文笔啊！若有神助，若有神助！

现在回想起来，他那陶醉的欣赏者的神态和语气，都历历如在眼前。我还记得，他当时还告诉过我们，老作家徐迟是位精通英文的人，他写《哥德巴赫猜想》是先用英文写成，然后再自己译成中文的。而且为了写好数学家，作家自己也苦攻了一番高等数学……——那时候，白老师和我怎能想到，十几年后，我竟能作为《哥白巴赫猜想》的作者的助手，几乎每天都可以面对面地听他谈创作，谈生活经历，谈高科技了——正是从白老师那里，我平生第一次知道了"徐迟"这个名字，而这个名字，也将要影响着我今后一生的创作——这里且不说了吧。我有时想，这其中莫非果真有什么缘分存在？

除了《哥德巴赫猜想》，我记得印象很深的还有白老师给我们重点讲过的课文《包身工》《长江三日》《古战场春晓》等现代散文名篇。讲《包身工》时，他有意或无意地让我们记住了这样的一些句子："……黑夜，静寂得像死一般的黑夜！但是，黎明的到来，毕竟是无法抗拒的。索洛警告美国人当心枕木下的尸首，我也想警告某一些人，当心呻吟着的那些锭子上的冤魂！"多有力的语言啊！讲《长江三日》时，我首先记住的也是作者引用过的那些诗一般的语言，如"前进吧！——这是多么好啊！这才是生活啊！""天空啊，云彩啊，以及整个生命的美，并不只存在于佛龙克，用得着我来跟它们告别？不，它们会跟着我走的，不论我到哪儿，只要我活着，天空、云彩和生命的美，都会跟我同在！"实在是，这样的语言本身是极其精彩的，而白老师又把它们的美赏析到了我们都能够与之产生共鸣的地步了。受着这样的语文课的熏陶，我们班上的大多数同学，都不能不或多或少地对文学发生了兴趣。我应当承认，我以后能逐渐地走上文学创作的道路，是与白老师的影响不无关系的。正所谓"好雨知时节，当春乃发生，随风潜入夜，润物细无声"吧。

　　我还记得，有一次，当白老师得知我们许多同学都在竞相传抄着普希金的诗、冰心的《繁星》和《春水》的时候，他似乎很高兴，带着欣赏的口吻，学着《哥德巴赫猜想》里那位高中老师的语气对我们说道："有志者事竟成啊！真的，昨天晚上我也做了一个梦，我梦见你们中间有一位同学——不，有好几位同学，都成了作家，成了诗人……可不得了啊！"他的话说得我们都相视而笑。那一天，我们的教室里充满了欢乐的"诗"的气氛。大家都在谈论着和憧憬着白老师的那个美丽的梦。那一天，我的内心里也确实有一种什么东西在涌动，使我对未来，对自己的前程，突然有了强大的信心。

　　和别的语文老师不一样，白老师似乎从来没有限制过我们看课外书。这大概也是那时我们班上特别盛行传看一些文学书，甚至是"手抄本"的一个缘故吧。不少名著，我们读得津津有味。白老师自己也爱看一些文学作品，我记得那时候他订了一本《人民文学》，上面正连载魏巍的长篇小说《东方》。他自己每看完一期，就介绍给我们看一看。当时不少有名的小说如《东方》《彩云归》《蓝蓝的木兰溪》等，我都是从白老师订的《人民文学》上读到的。

　　一九七八年暑假，我还从白老师那里借到了一册《曹禺选集》，第一次读话剧剧本，感到新奇无比。《雷雨》和《日出》都给我留下了深刻的印象。后来又有多次机会重读《雷雨》和《日出》，但都没有这第一次阅读它们时的快意与激动。依我当时的年龄，似乎还不能够完全理解这些作品在揭示人性、揭露旧世界的虚伪与腐朽上的深刻与真实，但我偏偏就读得那么投入，并且为之激动和兴奋，直到今天想起来仍然恍若昨日。

现在的中学生和大学生的头脑里，已经没有"手抄本"这个概念了。这是因为时代不同了，就许多书籍，尤其是文学作品来说，似乎再无什么"禁区""禁书"可言了。再加上复印技术的进步与普及，许多你想看的东西，即使你无法买到，但只要能借到，一夜之间便可以重新复制出一册甚至多册来的。上个世纪七十年代我们当中学生的时候，却是十分热衷于"手抄本"的。那时候的"手抄本"也真是多，越是被禁止的东西，就越具有诱惑力。倘若放到今天来看，那些"手抄本"其实是没有什么的，根本用不着弄得那么神神秘秘，竟然吸引着我们背着老师和家人大抄特抄，就像《爱的教育》里的那位小抄写员一样，于夜深人静之时，秉烛疾书，抄抄读读，如痴如醉，再加上一点儿紧张和好奇，往往抄得不知东方即白。

一九七八年前后，正是一些"手抄本"大行其道的日子。因为我是住校生，所以"手抄本"在寝室里更是流行。几乎每个同学的枕头套里、衣箱底下，或者褥子中间，都藏着几本或薄或厚的"手抄本"。用不着隐瞒，似乎也不必脸红，当时我的枕头套里，就藏过好几册各种各样的"手抄本"。现在想起来，还觉得挺有意思的。

我最早抄过的几种"手抄本"，是从叶小羽那里借来的，都是当时难得看到的文学作品，是好书。包括长诗《茨冈》在内的《普希金诗抄》《裴多菲爱情诗抄》和《海涅诗歌选集》。还有一本日记体小说《莎菲女士的日记》（当时还不知道这是作家丁玲的作品，我们都当作者是"莎菲"）。记得我还和一位成家琪同学分工合作，抄写过一本完整的《包法利夫人》。我从第一部开头的"我们正在自习，忽然校长走了进来……"抄起，一直抄到第二部结束："……他们在圣·爱伯朗胡同口分手，这时教堂的钟正打十一点半。"成家琪则接着抄完第三部。成家琪的钢笔字当时是我们班上写得最好的，且写得又快。后来他果然在硬笔书法领域出了些成果。——抄手抄本抄出一个书法家，这可是当时我们谁也没有想到过的。后来我们一起谈起来，还会开玩笑地说："文科班上的同学字写得好，都是因为抄'手抄本'抄的。"毫无疑问，这些手抄的外国文学作品，对我以后的爱好文学，走上文学创作的道路，起了一定的影响和作用。几本"诗抄"，直到今天我还保存着。半部《包法利夫人》则归了家琪。

　　七十年代社会上流行过一些"黄色小说"的"手抄本"，如《少女之心》《曼娜回忆录》和《塔姬》等。我们班上有几位同学手上也有。这是校方所严令禁止传抄的。不过，东西越藏得严实，就越是能招来"窃贼"。用李瓜的话说，就是："偷吃的肉，味道最香！"结果，我们班上还是有不少同学读过或抄写过这几本"禁书"。好在它们都不长，《少女之心》，只有六千字吧，《曼娜回忆录》也只有万把字，抄起来非常快。《少女之心》我没抄过，但《曼娜回忆录》我却花了半个晚上抄了一小本，后来不知道丢到哪里去了。当时这样一些涉及"性"的"手抄本"，确实给我们这些十七八岁的少年带来了一些神秘和紧张的感觉，从某种程度上是唤醒了我们的那种沉睡的意识的。至于社会流传的，说有不少少男少女看了《少女之心》经不起诱惑，最终失身或堕落……我想，这也是完全有可能的。就我自己，第一次感到了什么是"性的冲动"，就是在读了《曼娜回忆录》的那一个深夜里。

《第二次握手》这部长篇小说，在七十年代也曾以"手抄本"的形式流传过。它还有一个名字叫《归来》。当时传说这是一部"反党小说"，校方也曾严令禁止传抄的。不过到了一九七八年春天，还没等我们找来"手抄本"，当时的《中国青年报》已经公开连载这部小说了，作者是张扬。我们班上有一份《中国青年报》，报纸一到，因为大家都想先看，所以班长李涛就想了个办法，每天中午他来读报，愿意听的都可以来听，过时不候。《第二次握手》我们就是这样一天听一段听完的。

当时看来，苏冠兰、丁洁琼和叶玉函这几位科学家的命运纠葛和爱情故事，也真是曲折动人。我曾经手抄过其中的几封信，并且在与故乡的同学通信时，模仿过它的语言句式，直到今天还记得。如"面对着重重困难和矛盾，我明白了自己是一个懦夫，明白了自己没有勇气去斗争、去摧毁那黑暗的、披上新式洋外衣的封建势力所强加于我们的镣铐。我只是希望在严酷的现实中寻一条缝隙钻过去，或是找一条小道绕过去。……"这是苏冠兰写给"亲爱的琼姐"的信中的句子；而"琼姐"写给"兰弟"的信，更是叫我激动不已，有好几次仅仅为了套用其中的语句，我不免为文造情："我日日夜夜、时时刻刻都在思念你！我之所以在学业上刻意勤奋，是希望有朝一日我们恢复联系，或重新见面时，我的学业水平不至于比你差得太远。——我一点也不怀疑，我们一定能冲破人生大海中的重重激流、险滩，重新相会！一旦那个幸福时刻降临，我会怎样呢？也许我会哭，会笑，会兴奋得有点失常，要知道，我已经为漫无际涯的离别流够了眼泪……"不用说，此情此景，此言此语，正是非常适合我这个远离故土、远离了青梅竹马的伙伴而独处异乡的少年的心境的。"琼姐"的话似乎正是我想写给家乡的伙伴的话。当然，我更为他们的恋爱而感动。"琼姐"说："即使到了白发苍苍的暮年，我都可以说，我的心，我的一生，是属于你的！一个人的爱情只有一次，只能有一次，也只应该有一次……如果万一是由于你不在人世了——写到这里我浑身战栗了一下——我就独身过一辈子了。……"这些话，现在看来，好像也并不是什么了不起的爱情誓语，但在当时，我可是把它们奉若圭臬的。

一九七九年夏天，在我们高中毕业前夕，《第二次握手》的单行本出版了。叶小羽不知从哪里买来了一本（她办这种事儿总有办法），送给了我，作为毕业纪念礼物。她在扉页还写了这样几行小字："愿君心君躯燃烧着热情，让我，我的身姿，我的容颜，常在君之心头。"

据说，这是十五世纪的"桦皮书"——流传至今最古老的俄罗斯情书。而我送给叶小羽的礼物，也是一本当时很流行的小说，女作家竹林的《生活的路》。我也在扉页上写了两句话，写的是苏格兰民歌里的"老朋友哪能遗忘，哪能不放在心上"。

《第二次握手》这本初版书，直到现在我还保存着。想那《生活的路》，也该还在叶小羽的书架上吧！一个时代有一个时代的理想追求，一代人有一代人的精神特征，同样的，一代中学生也自有一代中学生的文学趣味。它们都明显地带着自己所处的时代的烙印，或可敬可叹，或可笑可怜。回想起二十世纪七十年代末，我们半夜里躲在寝室里，点着蜡烛，埋头抄写"手抄本"的情景；中午不休息而早早地来到教室，听副班长给我们读连载小说的情景……我不禁为我们那时的读书热情而感动，同时也为那时的好书的贫乏而难过。

一位外国作家和教育家说过，有些书，一个人如果不在童年或少年时代读到它，或不曾在童年和少年时为它动过真情，那么这个人的性格、气质以及整个的精神就将是不健全、不文明的，是非常可惋惜的。我在想，我们这代中学生，可不就是从这样的一个充满"书荒"的年代里走过来的么！好在这样的年月正好到了我们这一届中学生为止了。在我们毕业不久，历史的航船驶进了改革开放的新时期。

徐鲁，一九六二年生于山东胶东半岛。一九八二年开始创作。现任湖北省作家协会副主席，湖北长江出版传媒集团海豚传媒策划总监。

徐 雁：

# 樊泾村头"口字楼"

"樊泾村"，一个曾经多么熟悉的地名！

是的，老城厢镇人几乎没有不知道它的。因为那里有当年江苏太仓的"最高学府"（如今太仓的"最高学府"，是合并了一九八四年四月复建的太仓师范学校的健雄职业技术学院），它是计划经济时代"城里人"学历教育的重镇，也是莘莘学子朝入夕出的书香之苑。

无论是风晨还是雨夕，无论是花春还是雪冬，那些挎着书包的，勾肩搭背的，或三三两两，或成群结队，无论是沿新东街来的，或者是从东门街来的中学生们，都要在这樊泾村头会合，然后沿着一条弯曲的小道，绕过右手的竹林，跨过市河上的樊泾桥，走向那座我仅读了一年高三的母校——太仓县中学。

那是一九七九年的九月。时不我待，距今将近三十年了。

# 一

我首次走进太仓县中学的校园，却还要早上一两年。先是，大概一九七七年的秋冬之交，我所在的直塘中学举办了一次全公社的中学生语文竞赛，我有幸胜出，占了鳌头之位，一时间在那镇街上小有"轰动"。因为这是自"文化大革命"十多年来的第一次。

次年春夏之交，早稻沉甸甸的即将收获，学校照例有两个星期左右的"农忙劳动"时间。当县文（化）教（育）局根据上级文件精神把通知发下来之后，师生就统一停课了。凡是家在农村的，就接受家人安排在田间做农活，镇街上的同学呢，就由指定的老师带队，到学校在附近联系好的某个村落，去"支（持）农（业生产）活动"。

这一年，我正读高一，却与本班一两位女同学被班主任通知，免于参加"农忙劳动"，但须得天天按时到校，与初中部的几位女同学一起，接受学校语文教研组老师们对我们的集体培训，以便作为选手代表学校到县城参加全县范围内的中学生语文竞赛。

抓知识教育，搞业务培训，自是老师们的当行本色。记得虞道元老师的分工，是给我们提前讲解和分析课文，而马如云老师则主要给我们讲解课本外的语文知识……半个月很快地就过去了；选手们由所在中学老师领队，集体到县中参加竞赛的时间，也很快地就到了。

从直塘镇街东头的汽车站上车，过双凤、过新毛、过新湖，半个小时多一点，就到了太仓县城的西门汽车站。一路上看到两旁田野中被收割了的水稻田，我们不免为自己逃过了一次有名无实的"农忙劳动"，多学了不少语文知识而暗自庆幸，同时也有些为下午即将到来的竞赛而忐忑不安。

从西门汽车站进城，到县中所在的樊泾村，当年是除了自行车，只有步行走的。大抵要经过西门街、新华街、新民街、新东街几个路段。

走进新民街，眼前风景为之一变，我们一行似乎走进了老太仓的历史年代。因为西门街和新华街都是柏油马路，而从新民街开始，就是弹石路面了。这些路面石虽被无数代城乡居民用脚底打磨得光滑如砥，但因房基与地面的沉降不一，两三米宽的路面早已七翘八裂。那两楼夹峙的窄窄街道，让人体会到县、州官公务出巡时，让衙役打上"回避""肃静"公事执仗的必要。

我们这几个穿着布鞋的中学生走在这样的街路上，不免脚底生疼。而经常性的"功课"，还有听到自行车急促铃音后的侧身让道，或者让横挑着担子赶路的人大步先过。

从府南街口起的老街，被称作"新东街"，我们要去的县中，却还在这条街的东梢上。后来听说我们师生走过的这段路，有两千米左右，差不多四里长吧。

"就要到了。"看着我们因地面崎岖而开始行走艰难的样子，领队老师安慰道。不过很快他自己就犹疑了起来，原来竟找不到那樊泾村的入口了！

其实也难怪，那县中在街口没有设下任何标记，而领队的两位老师因为"文革"，也有好多年没有到县中来交流学习了。问了路人以后，方知刚刚走过了头。老师的直觉还是正确的。

掉转身来，循着路人的指向，拐进樊泾村口，才知那一小片茂密的竹林，就是县中入口的天然地标。走过跨在东西向的市河——致和塘上的平板桥，沿围墙朝南，就到了挂着白底黑字"太仓县中学"校牌的校园大门口。

## 二

好大的县中，多有内涵的学府啊！

真是"柳暗花明又一村"！当我们一脚跨入向西敞着大门的校园时，顿时眼前发亮，胸中忽然开朗起来，不由得暗自喝出一两声彩来！

但见右侧一排齐腰高的冬青树，圈出东北部一片铺有甬道的广场来。首先抢入眼帘的，是一条连绵着的风雨长廊，一条只有在以"五四"为背景的小说或者电影中才会出现的长廊——黑瓦覆盖着嵌着承重人字架的白墙，更有三五步均匀分布的弧形月洞门，古朴简洁而且轩昂得体地横亘着，在这校园里，从这一头连着那不知去处的另一头。

多好啊，下起雨来就不怕没地方躲了！除了难以言表的美感外，这是一个中学生瞬间最真实的想法了。

领队老师让我们在校园里稍待，不要走散了，他们去报到处代我们集体报到。这时候，刚才忽略了的满耳嘈杂人声才似乎忽然响了起来，原来校园里早已人头攒动，到处是三五成群的怯生生的学生，原来都是来自各个公社中学的竞赛选手们。看着他们有些畏怯的样子，我不禁自负起来，一时豪情满怀："人生能有几回搏，且看下午的较量罢！"

不一会儿，老师们笑眯眯地回来了，手里还抓着几张票证，神秘兮兮地告诉我们："这次县文教局安排得很不错，中午吃饭不要钱，听说是五菜一汤，'大荤'，每人一块红烧肉！你们大家好好考，今后就都有好饭吃——还不要钱！"

离规定的就餐时间还有一些空闲。老师们就带着我们在校园里随意走走。先看上、下两层的"口字楼"，是一座硕大的走马楼式的木结构楼屋，红色的油漆虽然有些剥落，但洋溢着一派古色旧香的样子。楼下有一排连着多间门上挂着锁，透过门上玻璃向里看，显然是寄宿同学的宿舍，也有作为卫生室、教务室等办公单位用的。

楼里虽然有东、西两个扶梯，可我们没有朝楼上走，听说楼上是教师宿舍。我们从西扶梯旁的一个门进去，沿着天井绕了半个圈，就从东扶梯那边门走了出去，没想到那里竟是别有天地！一个宽阔的球场，外围围着一圈铁丝网，有一条小河将校园与对岸的农田隔开。球场上正奔腾着一些县中同学，一个个在争抢篮球，我们顿时感受到了城里同学的优越和幸福！

从与"口字楼"同样古色旧香的"一字楼"旁经过，一棵攀缘极高的紫藤让我们大开了眼界。老师带我们走到位于校园南部的教学楼，指认了下午将用作竞赛场的教室，然后告诫大家说，临场不要紧张，先把题从头到尾认真看一遍，挑有把握的先做。作文一定要审题清楚以后再动笔写，有时间就先起个草稿，至少要有个提纲……

很快吃饭的时间到了，不用打听食堂在哪里，只要随着校园里蜂拥的人们向哪个方向走就是了。

第一次通过那道长廊，进到校园北部的食堂，但见饭和菜已经摆好在八仙桌上，那盘"大荤"红烧肉果然烧得红油赤酱，发出诱人的光华！

耐心等到最后一个同学把饭盛到自己碗里，老师一声令下："每人一块，冷了不好吃！"于是不管是女生还是男生，都争先恐后地把那块属于自己的，肥嘟嘟、颤巍巍的红烧肉，夹到了自己的饭碗里。这是我除随父母去亲戚家喝喜酒外，第一次参与集体性的桌餐，既男女生同桌，又是师生同桌，一贯吃饭慢腾腾的我，不免吃得既紧张又狼狈。饭毕时已是满头满脸的大汗，直觉那没有嚼烂的米粒子在胃里咯得难受。

大概一点钟不到，就被预备铃声通知进考场了。穿过几棵茂密的枇杷树，进到教室。那时县中里的树木长得真是既葱郁又随意，走在这样的校园里，让人实实在在地对"十年树木，百年树人"产生一种真切的感受！

三

神秘的竞赛卷子终于发到我手上来了。开卷一看，主要是"阅读和理解"与"命题作文"两大部分，心里顿时踏实了下来——都是我的"强项"！

"阅读和理解"部分，是给出一篇短文，要求"准确"填出空白着的字或关联词，并写出其中心思想，以及自己的"读后感"。现在全录如下：

我们屋后有半亩____地。母亲说："让他荒____着怪可惜，既然你们那么爱吃花生，就____来做花生园罢。"我们几姊弟和几个小丫头都很喜欢——买种底买种，动土底动土，灌园底灌园；过不了几个月，居然收____了！

妈妈说："今晚我们可以做一个收获节，也请你们爹爹来尝尝我们底新花生，如何？"我们都答应了。母亲把花生做成好几样底食品，还吩咐这节要在园里底茅亭举行。

那晚上底天色不大好，____爹爹也到来，实在很难得！

爹爹说："你们爱吃花生么？"

我们都争着答应："爱！"

"谁能把花生底好处说出来？"

姊姊说："花生底气味很美。"

哥哥说："花生可以制油。"

我说："无论何等人都可以用贱价买他来吃；都喜欢吃他。这就是他底好处。"

爹爹说："花生底用处固然很多；但有一样是很可贵的。这小小的豆不像那好看的苹果、桃子、石榴，把他们底果实悬在枝上，鲜红嫩绿的颜色，令人一望而发生美慕底心。他只把果子埋在地底，等到成熟，才容人把他挖出来。你们____然看见一棵花生瑟____地长在地上，不能立____辨出他有没有果实，非得等到你接触他才能知道。"

我们都说："是的。"母亲也点点头。

爹爹接下去说："所以你们要像花生，因为它是有用的，不是伟大、好看的东西。"

我说："那么，人要做有用的人，不要做伟大、体面的人了。"

爹爹说："这是我对于你们底希望。"

我们谈到夜____才散，所有花生食品_____没有了，_____父亲底话现在还印在我心版上。

那么，你都一一填对了吗？

这篇文章从来没有读到过，初读、复读下来，却是那么的自然熨帖，特别符合当时"愤青"期的我，特看不惯"伟大、体面的人"的心态！

一笔顺顺序下来，很快把该填写的空字空词都给填上了，又默读了一遍，自信不会有什么差错了，就按照卷面要求一路做下去。直到少许沉思之后，一气呵成了命题作文：《一支钢笔》。

　　当我全部完成以后，将卷面和答题自查一番，没有发现什么遗憾，可以不再动笔墨了，这才从容瞄看一眼左邻和右舍。见她正在埋头苦写，而他则在冥思苦想，不免私心哂笑起来："Ade，我的蟋蟀们！Ade，我的覆盆子们和木莲们！"（鲁迅《从百草园到三味书屋》）。

　　这时候，但听得满屋里都是同学们"沙—沙—沙"的奋笔疾书声，那么清晰，那么同步合拍，组合出一种前所未闻的无旋律声响。"啊，写字还能有这么大的声音？"

　　……一阵震耳欲聋的电铃声，突然响起来了！我第一个把卷子交到站在讲台一侧的老师手里。他对我微微一笑，原来早就注意着我了。走出教室时，眼中的余光告诉我，那位老师正飞快地扫视着我的答卷。

　　到楼门口，见领队老师正在路旁的树下，向着逐渐加大的人流群延颈而望。我走近去，他急切地迎着我问，做得"阿好？"我说："还可以，蛮顺利的。"他说你就在这里等着召拢其他同学，我去去就来。

　　十来分钟后，却见老师一脸焦虑地走了过来。他径直问我："你是第一个缴卷的？你是不是填出了'荒芜'和'夜阑'？"我说是的。

　　"那就糟啦！你可能把题审错了——你怎么把《一支

钢笔》写成记叙文了呢？！"

"啊？难道应该把它写成'说明文'？"

领队老师沉默着点了点头。审错了题，也就等于做错了文章。按照当时流行的考试规则，一分不给都不为过，老师心里是知道那判卷标准的"厉害"的。他也许当时就知道了，这个本校的首号"种子选手"基本上是"完"了，尽管听说那个考场中，只有我"填出了'荒芜'和'夜阑'"……

可当时老师在现场的责怪和接下来的沉默，我都没有能够"解读"，因为连日来的一个愿望将要实现：我马上可以去东郊外婆家，给他们一个"惊喜"了！

领队老师叹了口气点点头算是准了假，我就在同来的直塘同学惊羡的眼神中，欣欣然转身离去。

这场全县语文竞赛，我终于名落孙山了，倒是同去参赛的我班一位女生，意外地捧回了一个第七名，真让我一时气短脸无颜色！

扫了那位领队老师的面子，更辜负了中学校方的信任，从此我见了那位老师总是感到有些羞面答答的样子。"拉出来一遛，却是头驴！"那老师本来也没有教过我课，从此也显然对我少了兴趣，有些爱答不理的。

倒是直接辅导我们的马、虞两位老师，却并不以胜败来论"英雄"，再见面时，也只说了声"竞赛不比考试，偶然的因素是很多的……"就过去了，以后还是一如既往地回答着我的各种课内课外问题，让同学们觉得我依然是他们的"爱将"。

后来我自己也当了老师，这才感悟到两位老师的胸怀有多博大，他们当时并不肯迁怒甚至责怪于我。想想那"偶然的因素是很多的"一语，是慰我之语，也是自慰之言，更可能是面对校方领导的一句自嘲话啊。不是吗？"一号种子选手"马失前蹄，任课的虞老师，以及"半月教练"马老师，需要面对的压力该有多大！

四

第二次从樊泾村头走进县中，见到那熟悉的口字楼、一字楼和红砖外墙的教学楼，是在第二年的初夏，前去参加一九七九年度的高考。结果再次失利，铩羽而归。

却说当年夏天我因三分之差落榜以后，竟在家长的支持和期待下，得以第三次来到县中。这一次进城是正式到县中"复读"，其实就是"高考补习"。

我们这七八个来自太仓东部和南部的应届高考"落榜生"，是以"高三班"的美名被招录的，插班在原县中正常升级为高三的一九八〇届文科毕业班。日前承共同复读了一个学期就被招到烟糖公司挣起工资来的庞兄建农同学回忆，班上女生中既有品学兼优的肖风，又有聪慧明丽的陈蓓；既有温柔漂亮的李瑛，又有天真热情的葛华；既有能歌善舞的孙玲芝，又有外向能干的邵辉，而在我的印象中，还有伶俐的王俭、聪明的王琴、大方的吕萍、娴雅的陈雨霏、生动的徐志红等，她们的言行举止，都曾让我们这些只知死读书的乡下同学自惭形秽，常叹不如，深感城乡教育环境之差别。

就举一小小例子来说吧，我们乡下中学当时是没有条件装电灯的，因此当春夏雷雨来前黑了天的时候，常常就停了课在教室里自由活动。而县中的教室里都装着好几支长长的日光灯，每当开了以后不马上闪亮的时候，我们只有干瞪眼，不懂也不敢去"触电"，这时候，常常是上述女性中的某一位，果断地脱鞋踩桌把灯整亮，还教室一片光明。

但当时的校方待我们这些"乡下同学"，真有想不到的优遇！不仅让我们免费入住在口字楼宿舍里，还发给了统一标准的助学金，这也就等于是让我们在这里白吃、白喝、白住一年了，条件只有一个，就是希望我们考上大学（那时还没有什么"名校"的价值观），为学校争光彩，也为自己挣个好前程！

这次来到县中，我带着一个铺盖卷，还有一只祖传的红木书箱。我被安排在口字楼傍着北长廊边的一间宿舍居住，一屋左、右各排列三个上、下木床，住十二人，我因到得晚，又不愿住上铺，就选了靠门口的下铺，从而与对铺的曹振康同学（他与我在沙溪小学时已经同过学），两人一左一右，成了本室的"守门员"。

楼内每间房的尺寸都是划一的，铺着从未被油漆过的原杉木长条地板。整幢建筑沉静、闲雅、古朴、整齐的美学韵味，及其与扶疏的花木所共同造就的安神宁心的精神暗示力，是现在住在水泥钢筋大楼里的人根本无法体会的。尽管坐落在县中校园之中，但有学生入此口字楼中，无不放慢脚步、轻缓语音的。

今年适是该楼落成一百周年。想十来年前，假如把它积极申报为高等级的省市文物保护单位，就地保护起来并创意性地开发其功能——将一楼作为校图书馆阅览室和网络检索室，二楼作为太仓教育博物馆兼校史博物馆的话，那这"口（字）楼书香"必将成为现代化校园中的胜景，而让被黄蜀芹选为《围城》电视连续剧外景地的浙江春晖中学校园，不能专美于整个江南。

在连续做了两次失败的县中"过客"之后，这一次却因失败而成了县中的"主人"，这一次登堂入室，因不够堂堂正正而不免委然自卑。其他七八位同样经历了首度高考并遭受挫折的同学，心灵多多少少都有些创伤，可是在班主任沈融（勇）老师的教导下，我们很快进入了良好的学习状态。

分了文、理两科的"高三班"的课程，就是为冲刺第二年的高考而设计的。教地理课的樊老师，一口无锡式普通话从来都是响响亮亮的；教历史课的姚老师，却始终是和声细语，和蔼可亲的；还有教政治课的施老师，质朴自然，循循善诱，他们齐心协力，为我们的"高考冲刺"奏响了进行曲。

校园里高大的梧桐树结了子，纸船形的种子一片片地被秋风吹落在地。接着口字楼内外的桂花开放了，金桂银桂似乎在一夜之间，连空气都给香透了。等到含苞好几个月的蜡梅花也开始在天井里暗香浮动的时候，却要放寒假，过春节了。好快啊，这聚精会神、专心致志的一学期！

当我拿到那份《成绩报告单》，见到除外语挂"红"外，各门文化课程的成绩都在八十到九十一分之间，连去年高考只得了三十分的数学也居然得了八十二分，沈老师的评语中更有"成绩较好，也肯用功，尤喜以政治课上学得的理论分析一些问题。学习比较原来要踏实得多了……"的勉词，心里真是高兴，自信心开始恢复到以前的水平了。

## 五

元宵节吃过糯米团子后，离高考的日期真的是很近了。那时风气朴实，没有"倒计时"这一类装模作样的名堂。

明显的变化是，老师发下来的各种复习资料，课堂上做的各种模拟试卷，是越来越多了。记得每门课都从"月考"改为了"周考"，甚至历史、地理等，都有"三日一小考"，其目的就是为了强化大家的记忆。

我直塘的同学，曾是同桌好友的张武彪，甚至能够把历史课本上的注解都给背诵下来！试着做抽查，无一失误。终于有一天，我发现了他的秘密：原来他在晚上十一点宿舍统一熄灯以后，却并不像大家一样马上入睡，而会悄悄推门出去，在虽然长明却是昏暗的长廊灯光下，继续悄声苦读或者默记狠背……

当一次被晚上巡夜的老师赶回屋来后，他却又突然就"自觉"得不得了。熄灯之后，总是他催着同屋赶紧噤声入睡，因为在那一刻总有大气高声甚至引吭高歌的同学不怎么自觉。很快第二天早起的同学发现，他的铺空着，一摸被窝已经凉了，说明他起床早读至少一个小时了。

发现了彼此之间的差距，我们不由得急起直"追"。于是都隔夜托付他醒来时给叫个"早"，以便出外读背一个小时以后，再赶回食堂来吃早饭。

最记得校外运动场西侧的一个野湖塘，野湖塘朝南一大片的油菜地，以及油菜地尽头的"靶山"。

野湖塘是我们早起围着它跑几圈步的地方，油菜地是我们高声记诵时最好的"掩体"。偶有头发上夹带着黄色的花屑进了教室，顿时引得那些活泼大方的城里女生哄堂一笑！而那堆土而成的民兵打靶山（现被改造成为南园的南岗，顶上有亭子的那一道高冈便是），平地高出三五米，作为那一带的制高点，最是日落前看书和晚饭后散步的好去处！

既然我们报考的是文科，显然这是一群没有"数学头脑"的高等动物，所以作为理科补习班班主任的数学金老师，面对我们这群"榆木疙瘩"，气得给我们班冠了个新名："混（文）科班"——奇了怪了，他怎么不怕因此得罪我们的班主任！

所谓"混（文）科班"，意思大概有两个：一个是现实主义的，因为同学中大多是不能同步跟上他教学进度的，在他看来，就是来"随大溜混（日子）"的；另一层意思是未来主义的，你们这"混（文）科班"中即使会有侥幸几个"混"进大学读文、史、哲什么的，大概在将来终归是没有多大出息的。要知道，随着主流媒体建设"四个现代化"的强力宣传，当时"学好数理化，走遍天下都不怕"的理念正大行其道！

我就是曾被金老师当堂训斥过的没有数学头脑的学生之一。因此，当次年高考榜发出来以后，在口字楼旁的步道上，曾与金老师不期而遇，他看见我就幽了一默："侬个小赤佬，听说还'混'进了北大！"我赶紧答应说："谢谢金老师严格要求，我的数学成绩比去年翻了个儿！"

金老师当场开心大笑起来，神情中写满了得意，也夹杂着些微自负。

听说他是上海人，因为当年调动进上海市落户有困难，就从边远的地方调到了我们太仓这本与他不相干的地方来任教。一到周末，他就要紧赶着乘两小时的长途汽车回上海家中去。因为他的儿子得有一种怪毛病，需要照顾，而且还要时常带着儿子上海、北京的求医就诊，因此家庭的经济压力和个人的心理负担都是很重的。表现在教课过程中，但凡见到有不专心听讲、不好好做题的，他就会"一点就着"，当堂大发雷霆之火。

传说金老师用粉笔头远距离"点击"开小差同学，指鼻不打眼，是手中的绝活。但这"手艺"，也就在他来接我们新班之初，才偶然观赏到一两次。当我们见金老师猛然抬手扬臂，扭头看时，早已有一位男同学在用手背揩鼻子抹脸呢。幸亏同学们的笑声帮了忙，把那同学揩抹不去的尴尬给掩饰了。

我这里要写的，却是有关女同学的一次，却照例是前险后夷的一次。

记得我们在校园东北部那个老音乐教室上课时，金老师突然发现有一个坐头排的女生竟在埋头玩弄钢笔，一怒之下，把那支笔猛地夺到手扔到了窗外！正当全班同学愕然相顾的时候，老师大概觉察到了此举的"风险"：万一正好有人经过给捡走了，不是要平添麻烦么？便紧接着对那同学说："没有笔你就不记笔记了么？赶紧自己出去捡回来！"

那同学哪里能够理解老师的"真意"，怎敢在众目睽睽之下，起身出门，去捡被老师扔出去的笔？竟自从铅笔盒子里找出一支别的笔用了起来……金老师见这个"榆木脑袋"不敢"领旨"，显然忧心愈甚。但见他一边教着课，一边不时用眼瞅瞅窗外，警惕着是否有人经过，结果把讲题的话给说错了好几回。

终于坚持不住了！当老师说出："你要再不自己去把笔捡回来，丢了就别怪我金老师！"我们这才恍然大悟，顿时满堂哄笑起来……这一笑惹得金老师自己那张严肃的脸也绷不住了，接下来的课就教得轻松活泼了许多。那支惹祸的笔，反而被"遗忘"了。

下课后，有那同学的好朋友赶紧到窗户外把笔给找到捡了回来。幸亏窗外屋檐下是一条泥土路，而不是混凝土路，结果笔尖无损，照用不误，只平添了我们高三"混科班"的一段班史花絮。

当然，如果现在我要指认出谁是那位女生，她一定不会承认——因为她的孩子现在大概已上大学啦。

红绿相间的乡下毛桃进城了，喜忧参半的高考日子，也就来到了。

语文、数学、历史、地理、政治、外语三天六场考试一完毕，就等于放了暑假，各自回了各自的家。考试成绩先发布了出来，然后焦虑地等待关乎前程的"分数线"，然后就是犹疑不定而又焦急慌忙的"填志愿"……

再耐着心等到半个月后榜陆续发出来，我们文科班同学有录取在常熟师范专科学校的，有在上海旅游专科学校的，有华东政法学院的，有江苏师范学院的，有南京大学的，还有远到北京商学院、第二外国语学院、中国人民大学和北京大学的！那位用时间和勤奋换取超凡记忆力的张同学，则录取在扬州师范学院中文系。一九八四年毕业后分配到镇江，做了一所职业学校的老师，并在当地安了家，从此过起了幸福的小日子。

成功啦，出彩啦，"高三补习班"！听说那些天，不仅仅是直接带班的沈老师、金老师们，而是整个县中里的老师们，脸上都是喜滋滋的！他们为本校的学生有了前程而高兴，他们与学生的家庭一同欢庆！

## 六

名义为"读高三"，实际上是高考补习了一年，高考成绩由303分一跃而至395.6分，这在今天不知能否还算得上是一个"奇迹"？在我当年"补习备考"的太仓县中学，绝对算是一个"神话"。

这"神话"被我的老师们随口播送，余音袅袅，却不知怎的，多年下来也未能再"激励"出一个考上北大的小校友来——这让我的老师们颇为郁闷：这高考，真是一年难似一年了！

至于我能终于被北京大学录取为图书馆学系的学生，却完全是得益于当年人工录取过程中，那位来江苏招生的张泉田老师的"人性化关注"。这在当今，根本就是不可能的事！

据说，当年全江苏有十来个同学填报了"北京大学图书馆学系"，其中比我总分高的同学大有人在，结果我之所以能被这位老师在名下收取，完全是因为两个因素：一是我连续填报了北京大学、华东师范大学和武汉大学的图书馆学系，这是当日向江苏招生的所有图书馆学系，这被他解读为我热爱这个专业；再加上我的各科成绩，包括数学在内，都比较均衡，也就是说，在理论上符合了图书馆员需要基础文化知识比较全面扎实的素质要求，因此，我就这样被录定了。

听说张老师回到北大后还向本系主任那里表了一功："我给你们从江苏录了一个'专业信徒'回来！"

说来惭愧，我虽然学了图书馆学专业的本科，却未曾在图书馆服务过一天，除了毕业实习那几个月。不过，我后来得知，自己确实是该系恢复高考招生以来，唯一一个都把图书馆学系放在了首选位置的高中生。我的学长和同窗们，不少是因为填了"服从高校调剂专业志愿"一行字而来到这个专业的，结果他们在学习期间常常有所怨尤，耽误了不少应该用功的好光阴。

事实上，四年学业过程中，同学之间也确实会有人事摩擦和进取心懈怠的时候，于是常常想起在县中发愤补习的时光，想起在口字楼里度过的精神奋发的秋冬春夏，想起那印记着我不断为自己一圈一圈加量跑步的湖塘岸。一九八二年进入大三年级后，我把它与燕园里的未名湖联系到一起，写了一篇题为《无名湖——未名湖》的散文，参加了全校"'壮哉中华'十佳校园征文"。其中就有这样一个片段：

"扑通，扑通！"是谁搅乱了我的思绪？

　　呵，几个戴着红领巾的小孩子在玩"削水片"。他们还不会玩，瓦片在水上飞不起来。有意思，一块小瓦片居然能在水面上腾飞多次才落下。人生能有几回搏？我愿自己的一生，也能腾飞几次，最后融入历史的长河。

　　记得县中后面也有这样一个无名湖，我爱它爱得很深很切：为了自己有基础攀登科学的高山，我曾围绕着它一遍又一遍地把知识的信息，装入大脑，五遍，十遍；为了自己有力量跨进大学之门，我曾围绕着它一圈又一圈地跑步，跑啊跑，五圈，十圈。整整一年，我从无名湖边，跑到了未名湖畔。我真希望自己走过的路，能确实一步一个脚印地连接到自己今天之所在。

　　发榜了。成绩是全校文科第一，够报"重点大学"的了。师友们认定我一定是报法律、经济，据说那是"热门"，可我自己选定的却是"图书馆学"。第一志愿，第一专业。他们莫名其妙了，问我为什么，我笑笑。

　　如今，我独自走在未名湖边。这里有一棵树，每年都是它独先天下之春。仲春二月，便开出了粉红色的小花。那花也确实挺美的，"纷兮烂兮，灼灼其华"。然而它们并不长久，没多长时间便凋谢了。北方人叫它"假桃花"，它不会结果。

　　我愿自己成为一株真正的桃树，而不是观赏桃。桃李不言，下自成蹊。埋在地下的落花生是最受欢迎的。经历过多年歧视和压抑的我，知道自我价值到底在哪里，又是些什么……

我临到毕业时才弄明白，那在初春燕园里最先"灼灼其华"的，根本不是什么桃花，而是一种早开的樱花。虽然把常识搞错了，但那想要有所作为、不愿虚度年华的一番情感却是真挚的。当时，也确实有不少同学以考上大学为满足，四年本科，竟是在沉迷、迷惘中度过了。当初这些扮酷的时尚青年，如今该也人到中年，孩子上了大学了吧！

徐雁，上世纪六十年代生于江苏太仓，八十年代毕业于北京大学，是近年来活跃于读书界、学术界的著名学者。为中国阅读学研究会会长，南京大学教授。

刘德水：

# 欲　说　还　休

　　人过四十岁，往往就不免回忆。回忆好不好？有人说一回忆，就表明人老了；也有人说回忆过去才能更好地展望将来……一笔糊涂账，永也算不清的。抛开这价值判断，说我自己的，如今，回忆切切实实地闯到生活中来了。好也罢，坏也罢，它才不管你！因此也只好接受现实。这次接到阿滢兄的约稿信，就更有充分的理由，尽情地回忆一下了。

　　但是说起我的中学时代，真是欲说还休：竟不知从何说起，甚而不知有何可说了。乏善可陈么？也不是。问题在什么是"善"也说不清，遑论"可陈"？在我的视界里，旧时岁月，直如挂在墙上的一幅画，年代越久远，就越显出斑驳、沧桑的面貌来。当初觉得美的，经岁月的蚀染，如今重新审视，业已失去了原来的艳丽。何况那种艳丽，还笼罩着当时特殊的色彩！如今，时过境迁，不要说别人看来会觉得没什么意思，就是我自己，也已经不复是当年的我，昔日的流年碎影，在日渐消逝的时间河流里，也就全都改变了原初之色。但是，不管怎样，凡已然的，均不可改。即便是不堪回首的，也已经定格于历史的镜头中。至少，也还有些古董价值吧。语云，"敝帚自珍"，其此之谓欤？所以，思来想去，还是想实事求是，有什么说什么。好在约稿信中有偏重"文化情趣养成"这个要求，也就可以删繁就简，多画郑板桥所谓"三秋树"了。

我幸或不幸，出生于一九六三年。幸，是所谓"三年困难时期"已过，没有赶上挨饿的大饥馑。日前读杨绳祖先生的《墓碑》，真为自己长出了一口气。要是早生几年，还不知道现在能否在这里写这篇稿子呢！不幸，是我中学开始之际，正是一九七六年年初。那时候，天下依旧大乱，伟人预言的大治一直没有到来。尽管还是世事懵懂的孩子，也随着大人们一通乱：写大字报、批判稿，画"批判党内不肯悔改的走资派"的墙报，唱《党中央两个决议威力大》歌曲……糊里糊涂地走进了中学阶段。一月八日周恩来逝世，四月五号天安门广场闹事，批邓"反击右倾翻案风"，九月九日毛泽东逝世，都是印象较深的世事。那个时期的生活，除了潜意识的积淀，实在说不出有什么其他遗痕。但是现在看来，这种潜意识的积淀，对人的影响实在大矣哉——一个人在成长最重要的时期，环境的熏陶、影响，常常在不知不觉中发挥着潜移默化的作用，在判断力尚未养成的孩子这里，这种熏陶就更为突出。它使得你的骨子里都是那些你所接触到的东西，行为方式、思维方式、话语方式甚至语汇、语风……都打上了鲜明的烙印，让你在不经思考的状态下，自然流露出来的，都是这些东西。这是今天回忆起来，让我最感痛心的。记得十几年前与张中行先生聊天，还说到这个话题。我说："您是从森林被抓进笼子的老虎，知道森林里是什么样，那种认识是感性的，切身的，而我们是出生在笼子里的，只是靠耳朵的听，才知道森林里是什么样。可是骨子里充斥的，都是笼子里的生活方式和思维方式。"可惜，这也是没有办法的事。孟德斯鸠临终前，面对神甫的质问，也曾慨叹："帝力之大，如吾力之为微。"如今，这段少年最初的经历，令我始终生活在一种苦痛之中：脑子里自然流露的，都是那样一种特定的"文革"式的思维方式，话语方式也是标准的"文革"语体……唯一能做的，只是不断地提醒自己：对遗存于身上的毒素，要时刻保持警惕！"终日乾乾，夕惕若"，靠读书来大剂量排毒，庶几能使自己尽最大量地摆脱——不过，这已经是后话了。

真正开始让我的眼界开阔起来，接触具有一点文化色彩的东西，还是"文革"结束之后。只说我所喜欢的京戏吧。从小，我是听着样板戏长大的，对京剧情有独钟。在那里，还懂得了一点修辞："垒起七星灶，铜壶煮三江，摆开八仙桌，招待十六方，来的都是客，全凭嘴一张，相逢开口笑，过后不思量，人一走，茶就凉"（《沙家浜》)。"你的财宝车儿载，船儿装；千车也载不尽，万船也装不完"（《红灯记》）。"朔风吹，林涛吼，峡谷震荡。望飞雪，漫天舞，巍巍丛山披银装"（《智取威虎山》）。……尽管还不全懂那词曲的奥妙，但毕竟让我在那个荒漠化的年代，还多少了解了一点儿语言的魅力。然而可怜的是，除了《红灯记》《沙家浜》《智取威虎山》等现代戏之外，根本不知道还有古装戏。搜索枯肠，记忆里只在一位贯姓同学家看过劫余的一张贯大元的戏照。贯大元是我们同村乡党，曾听老人说过他的逸事。直到一九七八年初，寒假前，古装戏《杨门女将》首演，在村部的大院里，只有一个十二英寸黑白电视，大家挤着看。我也夹在人群中，踮着脚，好奇地看。从那时起，我才知道有这样的京戏——穿着与今天完全不同的服装，说着那样一种怪声怪调却又很有味道的话，表演那么有趣却又奇怪。看完，听老人们闲话《十二寡妇西征》《穆桂英大破天门阵》……那故事遥远、神秘，深深吸引着我。对未知世界的好奇，让我的心里惦记着这神奇的戏与故事。

终于有一天，电视台要重播这部戏。我的一位老师，是"文革"前毕业的大学生，也喜欢京戏，知道我好奇，叫我一起看。记得是一个晚上，在学校的一间小屋里，刚刚买了没几天的十二英寸黑白电视前，我们早早地坐好，等着欣赏。第一场《寿堂改灵堂》，我被剧情深深地打动了。老师在一旁，一边听一边给我讲：寇准是老生，冯志孝扮演，马连良的高徒，除嗓音外，深得马派幽默、轻巧的真髓。还有那位王大人，演员名字忘记了，名丑，演得也好。杨秋玲饰的穆桂英，青衣兼刀马旦；《探谷》一场，曲牌叫高波子，很好听；尤其肖润增扮演的采药老人，言派老生，曲折婉转而又不乏苍凉……老师听得入神，跟着一起唱。我在一边，虽然不全领会，但电视里精彩的表演，老师那如醉如痴的神态，把我深深地感动了。原来京戏竟这么美！

"还有更好的哪！"老师对我说。从此，跟着他，我知道了京剧的行当：老生、小生、武生、青衣、花旦、刀马旦、花脸（架子花、铜锤），文丑、武丑……知道了四大名旦、四小名旦、四大须生、萧长华、金少山、裴盛戎、侯喜瑞、郝寿辰、马富禄、叶盛兰……知道了富连成科班、中华戏校、四大徽班进京……这些戏曲知识，都是在课外，由老师一点一滴地传授给我的。如果说我在戏曲上还有一些了解，那只是因为遇到了一位好老师。所以，在我走上讲台之后，我深切地感受到，学生所学，跟老师的知识水平关系甚密。如今课程改革方兴未艾，其实说到底，也还是教师的问题。作为文化的传承者，教师自己对文化一无所知，或知之不多、知之不深，传承什么？怎么传承？另一方面，我也意识到，文化的传承，要靠人，而不是别的东西。受之于前，施之于后，此之谓传承也。这对我后来的教书生涯，影响是较大的。

再说读书。几年前读止庵兄《插花地册子》，看到他在中学时代甚至更早，读了那么多书，而且得到他的父亲——诗人沙鸥先生和其他父执辈的指导，我真羡慕不已。那真是得天独厚！我福薄，父亲只念过几年私塾，认识几个字，母亲是"睁眼瞎"，家学是没有的。所幸者是卜居之地为孟母三迁之后的所在，比邻学校，算是跟"文化"有了一点亲近关系，沾染了昔日觉得可贵、今日觉得可怜的一点点文化味，让我在铁屋子里略微睁开了蒙眬的睡眼。想起来，既庆幸，又悲哀，只得长叹一声：命也夫！命也夫！

到后来，初中的后半段，加上高中三年，社会形势变了，科学文化知识成了最吃香的事物。"文革"期间，流传的顺口溜"学好数理化，不如有个好爸爸"一度改为"学好数理化，走遍天下都不怕"。的确，从前招工进城，摆脱农门，移居城市，都是那些"长者"之后。后来考大学，全凭知识，不论出身，很多社会边缘人物的子弟，凭借自己的本事，走进大学，接受高等教育，真是扬眉吐气啊！语云"草上之风必偃"，这风气，改变了社会。我们开始努力学习了。徐迟写陈景润的《哥德巴赫猜想》发表，更是鼓风吹火，让我们焚膏继晷、夜以继日地念书、解题，看谁做得多，得分高。高者自然可以进入好学校——重点中学。我有幸，因为遇到一位好老师，在初中后半段开始喜欢物理学科。读初中二年级时，就已经把初中的所有物理课自学完毕。记得一九七八年十二月，还获得了全县首届中学生物理竞赛一等奖，得到了一支价值九元钱（这在当年可是一笔大数字）的上海产英雄金笔。

后来，更有幸的是，于一九七九年进入北京市一所重点中学读高中。但是今天回想起来，那哪里叫读书啊！早晨起来要晨练，然后每天就是上课、做题，晚自习一直到十点半。结果呢？解题能力有了，还考上了大学，然而说到人文素养，可惜，检点起来，却是微乎哉，不多也！

也不能说一无所获。在知识上开阔了眼界：摩尔根、孟德尔的遗传学理论，保里不相容原理……让我们了解了世界的奇妙；数学的严密，让我们体会到了上帝的严谨、和谐与一丝不苟……这些，大多还是后来进一步思考、追认的结果。如果说到人文，就实在惭愧了。那时候，我们的生活与艺术、人文是绝缘的。音乐、美术，因为与大的实现"四化"、小的高考无关，所以进不了课表。记得唯一的文化娱乐，是每天中午，大家买了饭，都端着，到学校东面的一堵墙边集中——墙外的一家有收音机，每天中午电台播放刘兰芳评书《岳飞传》，吸引着我们一大帮爱好文史的，在那里一边吃，一边享受。一大群人，挤在一处，成了彼时学校的一道风景。现在还记得刘兰芳女士那幽默铿锵的话语："机灵鬼儿透亮奔儿，小金豆子不吃亏儿，拔根汗毛那都是空的！……"

不过，这样的学校教育，也是不得已。我们这个民族，和世界相比，落后得太多。"老子欠账儿子还！"真是一句经典名言。祖先欠的账，如今真要子孙来还了。这是我们这一代为民族发展付出的代价，还有什么可说的呢？

这样说，有点文不对题，只好再加检点，所幸也还有一点可怜的遗存。其一，是前面所说听刘兰芳女士评书，清楚记得的，还有里面对书香门第的描述：窗明几净，摆放着图书，四壁挂的都是名家字画……那成了我当初最向往的"家"的境界。老师知我有此想往，推荐给我一副长联："沧海日、赤城霞、峨眉雪、巫山云、洞庭月、彭蠡烟、潇湘雨、广陵涛、匡庐瀑布，合宇宙奇观绘吾斋壁；青莲诗、摩诘画、左传文、马迁史、薛涛笺、右军帖、南华经、襄阳赋、屈子离骚，收古今绝艺置我山窗。"现在，我的家里庶几如是。"靡不有初"，回思前尘，这大概是读书种子悄然植根的可怜的初始吧。其二，是在高中阶段，我因为身体原因（学习压力大，神经衰弱），休学一年。本来高中两年（改制为三年，是一九八五年之后的事），我度过了三年。正是利用这一年的时间，我读了几本书。当然也是无计划、无系统，不可能像止庵兄那样。可这在我，在我们那些同学中，已经算是颇可引以为豪的了。如今回忆起来，记得的有雨果的《海上劳工》《巴黎圣母院》，托尔斯泰的《复活》《安娜·卡列尼娜》，莫里哀的《喜剧六种》，笛福的《鲁滨孙漂流记》，巴尔扎克的《欧也妮·葛朗台》，蒲松龄的《聊斋志异》（选本），孙犁的《白洋淀记事》，茅盾的《散文速写集》，秦牧的《艺海拾贝》，杨朔的《杨朔散文选》，碧野的《碧野散文选》，等等。这种杂览，只是解决了一点儿眼界的"知"，很难建立系统判断的"识"。真是可怜得很，不过聊胜于无而已。此外就是见到了一位前清秀才，八十多岁了，是我父亲当年读私塾时的老师，他的曾孙与我同窗，送给我几本字帖，加上我父亲在"文革"中保留下来的几本，计有颜鲁公的《家庙碑》，柳公权的《玄秘塔碑》，赵孟頫的《四时读书乐》，后来又自己购买了谢德萍编选的《中国现代书法选》，费新我的《怎样学书法》，又因为一位同学开始学习绘画，与他及他的老师、国画家郭笃民先生接触，了解了一些绘画方面的知识，算是给自己在书法、美术欣赏方面的爱好奠定了一点儿基础……可惜，这是"失之东隅，收之桑榆"，歪打正着而已，算不上体制教育的成果。这也让我对体制教育有了另外的思考——现在，一个人所学到的对一生有用的东西，究竟有多少是体制教育的成果？

　　我在文章中不止一次说过：谁的童年、青少年时代都是可贵的，因为今生仅此一次。投入情感，追求理想，可以说是人在青春阶段的生命支点——人的生命在每个阶段都需要有这样一个支点来支撑起自己的历史和未来。可是在我，因为赶上那样一个特殊的年代，回忆起来，就不能内心坦然，理直气壮。正如当年的"红卫兵"一样，青春时代对理想疯狂、执着，如今回首，却是一场闹剧。而逝者如斯夫，生命之舟不能掉头，回首过去，也就始终摆脱不了尴尬的局面。所以，说起自己的中学时代，我心里真是百感交集，不胜唏嘘。只能用一个词语：欲说还休。仅此而已。

刘德水，一九六三年生，一九八六年毕业于北京师范学院中文系，从教至今。北京市学科带头人，语文特级教师。

阿 滢：
# 一九七六年的初中生

　　我进入初中学习是一九七六年，也是中国多灾多难、动荡不安的一年。这一年，周恩来、朱德相继去世，紧接着发生了举世震惊的唐山大地震，二十多万人在刹那间被夺去了生命。当人们还处在恐慌之中时，毛泽东也离开了人世。随后，"四人帮"被打倒。

　　"四人帮"的倒台标志着"文化大革命"的结束，但"文革"遗风尚存，大喇叭里的革命歌曲换成了常香玉的河南豫剧："大快人心事，揪出四人帮。政治流氓，文痞，狗头军师张，还有精生白骨，自比则天武后，铁帚扫而光。篡党夺权者，一枕梦黄粱……"我们赶上了大字报热潮的末班车，老师从学校里领来了笔墨纸张，发给学生，写批判"四人帮"的大字报。对于十三四岁的初中生来说，怎么了解那四个经常在电影放映前加映的《新闻简报》中威风凛凛的中央领导的罪行呢，我们只好从报纸上抄录一些一知半解的批判文章交差。不上课写大字报，在平时没有这样的机会，同学们异常兴奋，一个个龙飞凤舞，过足了瘾。班长拿着这些写得歪七扭八的大字报，带领同学们贴得到处都是。

因为唐山地震的影响，全国陷入恐慌之中，不时传出哪天有地震的小道消息，家家户户在院子里搭建起防震棚。我家把一张大木床抬到院子中央，在四条床腿上绑上木棍，撑起一个棚子，在上面搭块塑料布，一个简易防震棚就这样建成了。一家人挤到里面睡觉，倒是感到新鲜、有趣。一个下雨天，哥哥的同伴聚在我家打扑克，我则坐在门口看小说，为了防震，把一个酒瓶头朝下、底朝上放在桌子上，只要有震感，瓶子就会倒下。打扑克的吵闹声也没影响我读书，他们正在争执中，瓶子"啪"的一声掉在地上摔碎了。"地震啦！地震啦！"人们大喊着向天井里跑。当惊慌失措地站在雨里时，我竟然不知道自己是怎么出来的。大家似乎都没感到天在下雨。过了一会儿，也没见房屋晃动，这才突然醒悟："是谁碰倒了瓶子？"

学校不敢在教室上课，于是，各班级由班主任带领，分散到没有房屋的树林中上课，换了环境，同学们都很新奇，学习并没有落下。冬天到了，家家都挖了半地下的防震棚，在院子里挖一米多深，就像新疆的地窖子，便于保暖。我们也不能在室外上课了，学生们又被圈回教室，老老实实地读书学习。

我在小学期间养成了读小说的习惯，到了初中更是胃口大开。一部几十万字的长篇小说，只用几天的课余时间就可读完。周日更是雷打不动的读书时间，一天下来，常常是读得头晕眼花，天昏地暗，沉浸在书中，半天也不能回到现实。我的各门功课成绩都在上游，有时上数学课感到内容简单，就开始走神，被课间读的小说情节所吸引，就悄悄地拿出小说，放在抽屉里偷偷地读。因为实在太投入，就连老师走到跟前了也没发觉，当然，小说被没收了。整个初中期间，我到处借书，先后读了《青春之歌》《红楼梦》《创业史》《播火记》等数十部长篇小说，还偷偷地读了当时被称作黄色小说的《苦菜花》，那是一个"左"得令人哭笑不得的年代，连苏联歌曲《莫斯科郊外的晚上》也被称作黄色歌曲，但同学们都悄悄地学会了，经常聚在一起合唱。后来，学校破天荒地购进了一批图书，成立了一个小小的图书室，对我来说真是如鱼得水，再不用为了借书四处求人了。

初中只有两个班，两位班主任争强好胜，暗自较劲，同学们也受到影响，每次考试都要比一番，如果我们一班胜过二班，全班振奋；如果成绩低于二班，都感到脸上无光。为了鼓励学习，老师出招，每次考试奖励第一名一个练习本，我得到的本子最多。班主任是语文教师，一次，他说，下周的语文考试，谁考一百分，就奖励一个黄书包。当时，同学们大都是用的黑布书包，拥有黄书包就像现在开上了宝马车一样让人羡慕。于是，大家都拼命地复习，星期天我也没有读小说，一心一意地要把黄书包拿到手，结果考试成绩出来，我和几位同学都得了九十九分，全班没有一个一百分。直到多年之后，才明白过来，当时的黄书包只是一个诱饵，在语文试卷上减掉一分实在是太容易了。

初中生活即将结束时，同学们进入了紧张的复习阶段，参加中考对每位同学都非常重要，学校抓得紧，同学们也十分自觉，天不亮，就自动去学校复习。一次，天蒙蒙亮，已经在教室里学习半天的同学们走出教室休息，准备新一天的课程，刚走出教室，就见一位同学屁股上搭着一样东西，一走一呼扇。有同学上前一把给扯了下来，原来是他把内裤挂在了腰带上，惹得同学们哈哈大笑。

初中时写作文，喜欢用"光阴似箭，日月如梭"这些词汇，现在才真正体会到这些词汇的含义。转眼间，三十年过去了，同学们各奔东西，老师们也进入了耄耋之年。很少有机会聚在一起。每当与老同学和老师见面，聊起初中生活，恍惚间重新回到了美好、充满欢乐的少年时代，整个身心都感到年轻了。

阿滢，原名郭伟，曾用笔名秋声。男，一九六四年九月生，山东省新泰市人，九三学社社员，山东省作家协会会员，山东省十大青年藏书家之一，专栏作家，《新泰文史》主编。

罗文华：

# 好大学不如好中高

"好大学不如好高中"，这句话是南开大学教授、鲁迅研究专家刘运峰先生多年前对我说的，它让我品味了许久。依我的亲身经历和感受，深觉此乃至理名言。

我与运峰兄都是一九八三年考上大学的，相当于旧时科考的"同年"。但他准备高考时，白天要在工厂上班，只有利用晚上和星期天上补习班，条件自然十分艰苦，因此非常羡慕像我这样通过在重点中学上高中而考上大学的同龄人。而我与运峰兄对"好大学不如好高中"这句话另有一个共同的认识，就是高中阶段的学习至关重要，它对一个人学业、事业乃至整个人生的影响，甚至比大学阶段更为重要。

令人惋惜的是，我的高中岁月显得有些短促了。

一九八三年我参加高考时，正处于全国高中学制从两年改为三年的过程中。就天津来说，市直属五所重点中学——南开、一中、十六中（耀华）、新华、实验当时都已改为三年制高中，而我就学的海河中学是市属区管重点中学，虽然当时仅仅排在"市五所"后面，但却仍是两年制高中。也就是说，那一年我校毕业生是以高二学历参加高考的，而主要竞争者却是"市五所"的高三毕业生。面对这无法逃避的不公平的竞争，我们每个人都承受着巨大的精神压力。

我们面临的具体困难是，时间根本不够用。像历史和地理这两门文科课程，都应该是在高二以前讲完的，但那时没有任何学校重视这样的"副科"，以我来说，这两门课基本上就是自学的。因此，到了高二，老师不得不拿出一个多学期的时间，填鸭式的从头讲这两门本来要用两三年才能讲完的课程。这样一来，真正的复习时间只剩下可怜的两三个月。我们真正应对高考的时间，也就是这两三个月。

现在回想起来，对于我和我的同学们来说，历史是多么的无情，环境是多么的残酷，战斗是多么的惨烈，结局又是多么的悲壮。时至今日，四分之一个世纪过去了，我心里依然为此保存着一份"苍山如海，残阳如血"般的激越情怀。

毕竟，我和我的同学们胜出了。无论是从高考分数看，还是从高校录取率和重点高校录取率看，我们考得都不比别人差，真正做到了以少胜多，以弱胜强。整整一年"快马加鞭未下鞍"的老师和同学们，面对最终的结果，大多都有"惊回首，离天三尺三"的感觉。我们创造了"哀兵必胜"的新例，这样的战绩足以成为天津高考史上的一段佳话。历史所青睐的，固然是骄人的成绩；而历史更乐意记载的，是在特殊境遇下取得的骄人成绩。

尤其是我，更是一个让同学们羡慕不已、让老师们赞不绝口的胜利者；用大家的话说，是胜利者中的佼佼者。作为我校文科高考成绩第一名，我以高分被北京大学录取，成为恢复高考以来海河中学第一个考上北大的学生。还有消息说，我是一九八三年全市高二应届毕业生的"文科状元"。多少年来，朋友们见到我常常称我为"状元"，而我总是把"状元"前面应该加上的定语告诉大家——我认为"状元"每年都会产生，而这个定语则是属于我自己的，更加值得珍惜。

临考的那一年，为了给自己打气，也为了舒缓神经，我在复习的间隙最爱听贝多芬的《命运》和《英雄》。每天听，反复听，乃至很多时候边复习边听，一年下来，录放机里的音乐磁带磨坏了好几盘。高考前，更多的是听《命运》；拿到考分、接到大学录取通知书后，就更多地听《英雄》了。从那往后，《英雄》和《命运》的旋律始终回荡在我耳边，激发或消磨着我的酸甜苦辣、喜怒哀乐。

现在回想我这几十年中，高中生活，尤其是高二临考那一年的生活，是最紧张的，也是最快乐的。快乐，总是伴随着紧张；没有紧张，也就没有快乐。

好大学不如好高中，好高中要有好老师。首先要感谢的，是我高二的那几位老师。我常常自得的是，从小学到大学，我有幸遇到了很多名师。他们对我的赏识，对我的关爱，对我的哺育，使我形成了一个良好的进取心理，总是觉得身后有这么好的老师在支持着我，自己不能不好好学习，不能不学出个样儿来。那年海河中学高二文科班的教师阵容就极为强大和整齐，各科都安排了经验最丰富、素质最优秀的老师，有的老师在全市都很有名望，而且他们之间配合得也十分默契。师生们为了一个共同的目标——高考，走到一起来了，课上课下都很团结、融洽。

班主任兼语文老师张大耀，知识渊博，语言幽默，不仅课讲得好，而且人缘特好，其他老师都买他的账，同学们没有一个不听他话的。他有着统揽全局的智慧和才能，是我们班高考取胜的核心人物。张老师深知我的潜力，充满热情地力挺我，真是全力以赴，不遗余力。我们毕业后他当了校领导，退休后又积极探索社会力量办学，后来又被海河中学返聘从事教学督导工作。这位天津著名的教育家，把我视为他几十年教育教学生涯中最得意的学生，这对我来说，是终生的激励和鞭策。

历史老师钱宗婕，性情温和，常常面带微笑，让同学们觉得可亲可敬，但她授课思路却非常缜密严谨，滴水不漏。我曾到西南楼爱国道钱老师家里向她请教，看到她一家三口住在筒子楼一间不大的屋子，里面甚至摆不开一个写字台，她每天只能趴在床上备课、批改作业，让我十分感动。钱老师特别希望我将来考历史系，后来我虽然上了中文系，但直到现在，从未放弃学习和研究历史，这实与钱老师的影响和期待分不开。我上大学后，钱老师还买了价格不菲的《辞源》送给我，她的关爱永远温暖着我。

年级组长兼英语老师刘旿杲，则是一位典型的"严师"。可能与他当过兵有关，他对学生的要求就像部队里军官训练士兵那样严格。他一进教室就拧着眉毛，瞪着眼睛，时常声色俱厉，不留情面，让人不敢偷懒，无法懈怠。好在同学们都明白刘老师的严格要求是为我们好，大家就都认真学习，英语成绩考得普遍较好。刘老师是天津教育界公认的应对英语高考最有经验的专家，如今虽已七旬高龄，仍宝刀不老，发挥余热，辅导学生。二〇〇八年，我的孩子参加高考，慕名求教于刘老师，经过一年时间一对一精心辅导，不仅考试成绩大幅提升，而且学习能力显著增强。古人说"大恩不言谢"，刘老师无私地教育、培养了我们父子两代人，这是真正的"大恩"。

此外，政治老师余伯钦、地理老师李竹青等教课都很有特色，很讲效率，使同学们受益匪浅，进步很快。一上高二，这几位老师很快就发现了我，估计他们很快也就达成一致意见，要重点培养我。在我十几年的学生生涯中，高二那一年是我与所有任课老师关系最亲密、最和谐的时期。近几年，每年我都与身体依然非常健康、思维依然非常敏捷的张大耀老师、刘旿杲老师小聚一两次，追忆往事、增进情谊，我有幸再次聆听老师的教诲，常听常新，如沐春风。

不能不提的一个人，是我的同学吴震薇小姐。刚上高二不久，她发现我的数学较弱，就提出帮我补数学，好让我考上北大。同时，她也让我帮她复习历史和地理。当时我家另有一间空闲的小屋，离她家也不远，于是我和她每天一放学就到那间小屋，一起复习。吴小姐是名门之后，气质超凡，身材高挑，皮肤白皙，脸盘漂亮，加之从小就说一口纯正的普通话，自幼就练舞蹈，又准备报考外语专业，显得洋味儿和艺术味儿十足，异常迷人。我上大学后，考上南开大学的吴小姐曾到北大看过我，我的大学室友孔庆东见过她，九十年代孔庆东在他的名篇《北大情事》中曾提到吴小姐，说她是南开大学的"校花"。高二那一年，吴小姐不仅督促我学习，而且周到地安排我的生活，我生病都是她给我吃药。有聪明而温柔的美人相伴，我的学习劲头儿就更大了。那是我有生以来最紧张的一年，也是最快乐的一年。

尽管复习那么紧张，一天时间恨不得当三天用，我也没有放弃看闲书。一是在学校里钻图书馆，在阅览室看《文史知识》等杂志。二是常去离学校不太远的烟台道古籍书店买书，几乎几天就买一本，多为普及古典文学和历史知识方面的书，回家后吴震薇小姐都用画报纸精心地给包上书皮。其他书店也常去，主要是买连环画，几十本一套的《红楼梦》和《水浒》连环画就是那时一本一本配的。三是吴震薇小姐从她父母的朋友、当时在河东区教师进修学校任教的果津生老师那里借书给我看，主要是《语文学习》《语文研究》杂志的合订本。此外，校外的董鸿韬老师、靳波同学，同班的柳昭同学等也都借过书和杂志给我看。

回顾自己的高二学习生活，大致有几点所得，可归纳为八个"不"字，愿作当今青年镜鉴：

第一是不与人比，不与人争。这是我从懂事起一直保持至今的习惯，尤其是不与身边人比，包括亲属、同学、同事和朋友。我总是想：世界这么大，历史这么长，为什么要跟身边这些人比？高二时，我就不跟同班同学比，因此，不仅我的考试成绩平时就遥遥领先，而且我的高考总分比我班第二名高出好几十分。班里比我低八十多分的同学都被南开大学录取了。如果我平时就总跟同学们比成绩，那我高考会超过他们这么多分吗？唯一一次争比，还是教历史课的钱宗婕老师让我争比的。高考前夕，钱老师对我说：迄今为止，全市高考历史科目最高分是九十四分，看你今年能不能突破九十四分。结果我的历史科目考了九十四分，虽然没有突破历年最高分，但仍是全市最高分。

第二是有条不紊，临阵不乱。这是我的复习考试经验，也是我的生存处世原则。那时的高考，由于录取率很低，落榜后又很难进入开放程度还很低的社会，是名副其实的"一考定终身"，所以那时的考生比现在的考生所承受的压力要大得多。我们是以高二学历参加高考，我又是众望所归的"尖子生"，压力就更大。但我能在提前准备、充分复习的基础上，做到举重若轻，轻松上阵，所向披靡，收效甚好。在后来的二十多年里，我常想：那样的高考我们都经历了，还有什么事能难倒我们？

第三是不急功近利，不放弃理想。也就是将短期目标与长远打算有机地结合起来。在我看来，高考这个"龙门"不得不跳，这个天大的机遇必须充分利用好；只有利用好，才能更好地发展自己，实现自己的理想。同时，我童年和少年时的很多兴趣爱好并没有因准备高考和高考成功而放弃，这些兴趣爱好在我成年后得以增容和升级，丰富着我的生活，推动着我的事业，滋养着我的况味，充实着我的梦想。

第四是家长不问，老师不管。这不等于说家长和老师不关心考生，而是确实要减少不必要的干预。当时家长和老师对我是比较宽容的，而有的同学的家长则目标过高、管教过严，结果适得其反。

我就是这样听着音乐、读着闲书、谈着恋爱，考上大学的。填写志愿时，我毫不犹豫地选择了当年高校文科招生填报指南上的第一所大学的第一个系的第一个专业——北京大学中国语言文学系中国文学专业，并且如愿以偿。北大中文系文八三班，人才济济，群星闪耀，光是各省文科状元就有十几位，毕业后成为知名人士的也不在少数，用我班同学、现北大名教授孔庆东的话说，这个班在近三十年中国高教史上是"空前绝后"的。

学者们有这样的共识：二十世纪中国的文化教育出现过两个黄金期——二十年代和八十年代，其中八十年代以初期和中期为最好。八十年代初期和中期，正是我的高中和大学时期，我成为黄金时代的受益者。是海河中学这所好中学，让我上了北京大学这所好大学。

　　海河中学旧称德华中学、直隶省立女子中学、河北省立天津女子中学和天津市第一女子中学，是一所享誉中外的历史名校。它的校园是中国近代第一所高校——北洋西学堂（设立于一八九五年，曾改称北洋大学，今为天津大学）的发祥地，作为北洋西学堂的二等学堂，海河中学也就成为中国最早的公立中学。同时，海河中学也是我在天津上过的四所中小学当中至今唯一一所仍保留原校名、原校址和原师资的学校，即我在天津的唯一"母校"。因此，我对海河中学的感情是极为特殊和深厚的。二〇〇七年，海河中学举办德华中学建校一百周年纪念活动，经张大耀老师推荐，学校领导命我撰写《海河中学百年赋》。这篇赋不仅庄重地印在纪念册的首页，而且作为纪念大会的第一个节目由天津最著名的播音艺术家关山先生在《命运交响曲》的配乐声中激情朗诵，还安排刊发在纪念日当天出版的报纸上，这是母校给我的巨大奖励和最高荣誉。

　　"海河滨西，大营门外，古来兴学沃土，淘为育人宝地……海河流霞，沽水汤汤，东注大海，一泻汪洋……"《海河中学百年赋》中这些发自心底的语句，既表达了我对伟大母校的深情赞美，也蕴含着我对自己美好高中时代的铭心眷恋。

罗文华，一九六五年五月生于天津，一九八三年毕业于天津海河中学，一九八七年毕业于北京大学中文系文学专业。《天津日报》资深编辑，多所大学兼职教授。作家，文艺评论家，文物收藏研究专家，天津历史文化研究专家。

袁　滨：

# 意气风发少年时

　　我出生在一个小知识分子家庭，父母都是教师，母亲在一所小学一直工作到退休；父亲是当地有点影响的中学数学教师，后来做过一段时间的中学校长，桃李芬芳。幸福的家庭都是相似的，知识分子的家庭大概也差不多，没有什么神秘和特殊可以炫耀。书香气息，诗礼人家，其实距离我们和那个时代都很遥远。因此，在我们这样的家庭，生活也极其普通，属于波澜不惊的那一种。唯一的是有一点书，大都是多年教学积累的参考书和历年的教科书，几乎没有像样的文学艺术类的东西，更谈不上什么珍籍善本了。我现在能够找到的那时所谓的文艺书籍，只有一本缺少了封面的《欧阳海之歌》初版本和几册二十世纪五十年代的《文学》课本——如果它们也能算作文艺书籍的话。也许是注定的缘分吧，这有限的书籍却给了我最初的精神滋养，竟然使我后来爱上了读书和藏书，成了一个不折不扣的书虫。

我是一九七八年升入初中的，父母虽然都是在农村教学，但我和哥哥却都是在城里的中学读书。学校距离我住的村子很远，步行得走四五十分钟，冬天天不亮就出发，披星戴月是家常便饭，我的初中上下学全靠双腿来回跋涉。我的第一首诗歌是在《语文报》发表的，那时我已经读了高中，我曾经在诗中描写过当时上学的情景："我起床的时候/天上还有星/长跑与早读刚刚结束/太阳又送我/走进钢笔和纸张的长吻中/当最后一束晚霞/和我的作业本一同收进书包/月亮却在我担水时/用她全部的柔情/燃亮了/我的台灯"。诗写得不好，却很浪漫，也很真实，里面凝结着浓郁的少年情怀，意气风发的精神像这些浅薄的诗句一样显而易见。那个年代刚刚恢复高考，初中的功课并不紧张，不用减负，也没有素质教育的说法，后人常把那时说成是一个万物复苏的春天，其实，我们初中生根本觉察不出什么，一切对我们来说都是新鲜的。一场电影，一次春游爬山，都可能让我们激动好多天，把这难忘的快乐经历写进作文和日记里。那时的流行歌曲都是抒情的"台湾校园歌曲"，没有VCD光碟，磁带也很奢侈，只能靠半导体收音机，那时的歌星绝对不是今天的周杰伦、SHE们的对手，但我们依旧狂热地传抄在笔记本上如醉如痴。虽然也有崇拜的偶像，却没有今天粉丝们的投入，一张洗印的明星黑白照片，大概与今天琳琅满目的粘贴画是无法比较的。那时的晚自习更多是一种形式，家远的同学可以不去，也几乎没有家庭作业，因此晚上听广播就是最大的娱乐，当时的评书连播《岳飞传》《杨家将》，让我在白天上课时候也牵肠挂肚。功课的平稳，娱乐的缺乏，开始让我接近一些杂志。最初是买《大众电影》，买《萌芽》《青春》，也买《星星》诗刊，我至今还完整保存着包括复刊号在内的一九七九年全年的《大众电影》，一九七九年的《当代》创刊号我也珍藏着。通过读杂志，勾起了我的阅读的欲望，我节省下午饭钱来买书，买的第一本书是张扬的长篇小说《第二次握手》，我小心地给它包了书衣，工工整整写下了购买时间：一九八〇年三月二日。我不仅为书中主人公的命运感动，我更为作家华丽的文笔倾倒，有些章节几乎可以大段背诵下来，我还精心把自己喜欢的段落抄在一个小本子上，连同其他阅读的收获，这样的笔记大概记了十几本，直到上了高中，功课紧张了才停止。二〇〇六年夏天，在北京大栅栏中国书店，我再次购买了《第二次握手》（重写本），比起初版本来，重写本厚重了许多，我把它从北京带回来，与一九七九年七月的初版本一起放在书架上，为的就是一种读书情结，我知道，我今后也许不会去读它了，但我会记起少年时与它亲密接触的情景，我会循着时间的记忆之链，打捞起初中的读书生活，体味逝水年华的美好。

买书的心情是慷慨的，读书的享受是快乐的。有时读得入迷了，我也会犯一些小错误，我读《青春万岁》，读《红楼梦》，就是在课堂上，忽视了老师的存在，只顾了自己的津津有味，换来的是课后的检讨和哀求归还没收的书。批评自是难免的，但作文经常被好评，当众宣读，使我风光，也使我矛盾。我的喜欢作文、喜欢阅读，大概和语文老师不断地鼓励有关。当然，不是所有付出都有回报，为了提高描写能力，我几乎把课本上的重要文章都进行了背诵，看到同学羡慕的目光，很是沾沾自喜，但也有被老师取笑的时候，自己偷偷涂鸦的小诗，记得有一首写溪流的，在句子中出现了浩浩荡荡一词，老师就常常拿此笑话我。那时根本不知道什么通感和意象，完全是凭感觉去写，用词上就生硬了，但这事对我很有触动，以后就细心起来。

二十世纪八十年代是一个兴旺勃发的岁月，我的初中生活也在不知不觉中丰富生动起来，那时候一大批经典和准经典图书解除了禁锢，洋溢出诱人的气息，我沉浸其中，难以自拔。随着日积月累，读书逐渐开阔，藏书也渐成气象，几乎到了不买书就手痒的程度。初中毕业的时候，我已有了三百多册书，除了文学杂志，已经有了像《家》《太阳照在桑干河上》《青春之歌》《十日谈》《猎人笔记》《复活》等这类的文学名著了。人的一生，与书是分不开的，与书的呼吸是连在一起的，书籍给人的帮助也是说不清的。我们现在的读书条件非常好，要读的书就像田野那样丰饶，打开一本喜欢的书来读，就像面对一个好友，伴着茶的清香和酒的醇厚，这个世界是完全属于自己的。在读书的路上，我们慢慢长大，慢慢成熟，慢慢和岁月一起老去，多么从容，多么惬意，又是多么幸福，多么快乐和满足。

袁滨，二十世纪六十年代中期生于山东淄博，曾在政府机关从事文秘工作，现供职于地方广电部门，系山东省作家协会会员、周村区作家协会副主席。

刘宜庆：

# 母校的合欢树

一九八九年，我考入汶上一中。九月入学，我走在校园的林荫道上，两旁是高大、粗壮的树木，拂去我一身的炎热，让我神清气爽，开始了一段新的生活。那时我还不知道上高中一定要考上大学，只是觉得我应该到这里来学习三年（事实上是四年）。

在林荫庇护的校园小书店中，我买了一本书。书名已经忘记，其中有一篇文章叫《合欢树》，这篇被我看作散文的小说，让我记住了一个坐在轮椅上的作家——史铁生。他写的母子亲情让我动容。里面的一段话语我仍然记得："她心里太苦了。上帝看她受不住了，就召她回去。"当时我是坐在林荫道上的大树下看的这篇文章，我还记得史铁生坐在轮椅上回母亲住过的小院看合欢树，邻居说，高过房顶，年年开花。树犹如此，人何以堪？史铁生写道："人有时候只想独自静静地待一会。悲伤也成享受。"青春期的心灵太敏感，他这一句话，影响开了我那时的心灵。

晚自习的时候，我常常读唐诗宋词，常常溜出教室，徘徊在林荫道上。第二年夏天转眼就来到了，校园的林荫道上开出了粉红色的花朵，一个长长的柄儿顶着红绒绒的花，像一把小伞。我的同学告诉我这是芙蓉花，我一直深信不疑。后来，老师笑着纠正，那是合欢，合欢树是咱们校园的特色呢。啊？这就是史铁生笔下的合欢树，开的花儿如此婉约美丽！我死心塌地地爱上了校园里所有的高大的合欢树，和那满树灿若云霞的合欢花。

我留心搜集关于合欢树的资料，在我的青春笔记本上占了很大一部分。当同学都在攻数理化时，我在笔记本上抄史铁生的《合欢树》，一笔一画，工整极了，抄完之后，感觉很享受。

随着笔记本上的资料不断壮大，我知道了合欢还叫合昏，羽状叶白天展开，黄昏时闭合。知道了合欢对时间很敏感，受光线及温度的影响，不仅会在夜晚合，每逢下雨或天气阴暗、干旱，甚至酷热的中午也会闭合。杜甫的《佳人》诗云：合昏尚知时，鸳鸯不独宿。但见新人笑，哪闻旧人哭？我更感兴趣的是，以合欢喻爱情——"其青叶对生，昼开夜合，交欢如一。"以合欢暗喻男女爱情，太恰当了，我见过班里大着胆子偷偷发展地下恋情的同学，在夜晚的合欢树下拥抱。

我还知道合欢又名"马缨花"。合欢初夏开粉红色花，花丝上半红、下半白，散垂如马缨。清朝乔茂才诗："长亭诗句河桥酒，一树红绒落马缨。"

但那时我不知道合欢的花和树皮都是一味药，功能主治解郁安神，用于心神不安、忧郁失眠。随着高考的逼近，我后悔用于看课外书的时间太多了，成绩不佳。焦虑迅速占据心灵，每晚睡觉时，脑子里一会儿是功课，一会儿是诗词。高考来临的那个夏天，宿舍窗外的合欢开得正欢，而我睡不着。

第一次参加高考离大专的录取线还差几分。父亲母亲暗自伤心失望，当着我的面，却不想让我看出来，我感到万般惭愧。后来，在我复读考上大学之后，母亲告诉我，她有一次在棉花田里打杈子，听到邻居说风凉话："看他家老三，花了那么多钱，也没有考上大学，还不如买头驴。"另一个说："大学哪能那么容易考上，看他家老三瘦得跟个螳螂似的，能做什么？"那天，母亲在棉花田里默默流泪，伤心欲绝。父亲打听到我的成绩可以上委培专科，求亲告友筹集钱，想让我去上。我断然否决，决定复读一年，考不上大学决不回家。

我再次来到熟悉的校园，在一棵合欢树上刻下三个字："上大学"。在一百四十多个复读的学生里，我发奋苦读，终于考了个第一，这是我一生扬眉吐气的唯一的第一。从一九九二年春节开始，我开始频繁感冒，后来成了鼻炎，发展成头痛。天气渐渐热起来，晚上仍然睡不着。头有时痛得像一块木头，看着同学们学习，而我什么习题也做不下去。走出教室，看到合欢即将开放，初夏的夜晚，凉风习习，圆月当空，树影婆娑，空气中弥漫着合欢独有的气息，可惜我的鼻子不能敏感地捕捉到。我回头望望教室里上自习的同学，想想决定命运的时刻即将来临，兀自凄凉，头碰在合欢树上，悲愤从心中袭来。我不知道如何才是解脱，谁能渡我出苦海。也许太执着（禅宗称我执是人生痛苦的一大根源），也许我输不起。

那个夏天，我每晚在床上辗转反侧时总想，人还不如一棵合欢树，年年开花，年年结果，春夏秋冬，潇洒自如。做人真没趣，做人太痛苦。

第二次高考的前一天，又感冒了，仍然发烧。我在校外的一个小门诊打了点滴，拖着软绵绵的身体迎接高考。考前的晚上，到了深夜才迷迷糊糊地睡着。考过第一天，接下来的两个晚上，如有神助，奇迹一般，竟然睡得很好。

第三天下午，父亲来接我回家。打点好铺盖、书籍和那伴我四年的笔记本，回家。刚走出县城，乌云密布，狂风大作，顷刻，雷电交加，瓢泼大雨从天而降，天地间一片汪洋。我和父亲在公路上推着自行车前行，摔倒了，然后爬起来，在风雨中艰难前行……

回到家中，母亲看到我们父子狼狈不堪的模样，抱着我，哭出了声……我连忙找出卷在被子里的笔记本，早已经被水浸湿了。晒干了，再揭开，纯蓝的钢笔水写下的字迹，漫漶一片，模糊得无法辨认，我索性扔到那一大堆被雨水浇透的习题、课本中间，当作废品卖了。

一九九三年九月九日，我从县城乘坐公共汽车到省城一所师范大学报到，经过县一中门口时，我向那林荫道张望，那些见证我生命中欢笑和泪水的合欢树，有一种静穆的美，别了，美丽的合欢树……

一切都成往事。合欢花开花落，年年。


刘宜庆，笔名柳已青。书评人，专栏作家。山东汶上人。生于二十世纪七十年代。一九九七年毕业于山东师范大学教育系。现居青岛，供职《半岛都市报》。关注晚清民国知识分子群体，近年致力于二十世纪中国知识分子生活史和心灵史研究。

王国华：

# 灰 暗

　　我不太愿回忆自己的中学时代。我给它的定性是两个字：灰暗。灰暗度高达百分之八十。二十世纪八十年代中后期到九十年代初，社会正处于转型期。其实在中国历史上，几乎每年都是转折年，很少水到渠成顺理成章的。而这期间，我正在读中学，世界观、人生观、价值观正在逐步形成，尤其感觉到转折的苦痛。

　　苦痛的表征就是孤独。每天晚上，躺在大通铺上，旁边的同学鼾声四起，我微眯着眼睛，看窗外由明变暗，由暗变明。我不是经常失眠，只是睡不踏实，总觉得天快亮了天快亮了。黑暗、光明，光明、黑暗，缠绕着我，让我上升跌落，跌落上升。不知为什么，我那么期待天亮，那么害怕天黑。我自认为高人一等，却没出头之日（十三四岁时思考这样的问题，多少有点早熟）。天一黑下来，我就想到自己被埋没了。哲人说，给我一个支点，我可撬动地球。我想的是，给我一个机会，我会一飞冲天。当然，现在不这样想了，我明白了天外有天，人外有人，明白了自己的虚弱和无能为力。彼时的自信，皆因目光短浅，井底看天。同时，自己冒头儿很快，激发出了不属于自己的豪迈。我小学即发表作品，也算轰动一时。在学校里是知名人士。我写了诗，邮寄给《人民文学》，邮寄给《诗刊》《诗歌报》——自然，无一发表。谁理解我呢？周围的同学、老师，在我眼里都是平庸之辈，跟他们在一起，只能让我更平庸更堕落。亲爱的老师同学们，请原谅，那时我的确发自肺腑地这样认为。茫然四顾，心内凄惶，谁是我的知音？

一九八九年冬天，我和王世立创办了一份油印小报《我你他》，印好以后，我俩站在楼梯口散发。各年级的同学都奇怪地看我俩，有的接过去，有的则拒绝了。散发了有三十多份。谈不上成就感，有点满足而已。夕阳西下，我和世立围着操场边转圈边畅谈梦想。后来我们还发展了不少会员。因为我们的带动，好几个班级都有人操办文学社。我和世立把自己的小报邮寄给其他地方的文学社团，试图联络更多的同盟，结果不了了之。前两年回家，居然在抽屉里找到两份《我你他》，抚摸着泛黄的纸页，心中有说不出的滋味。王世立现居住在衡水，十多年后我们再见面时，他正全心把精力用在对女儿的教育上，他还兴致勃勃地给我讲家庭教育的心得。他过得很充实。祝福他。毕竟，我们共同做了唯一一件值得回忆的事。

我读琼瑶的小说，三毛的散文，这类书读多了，真的以为可以找到知音似的。于是，青春激情萌动了。初二的时候，我就开始单恋一个女孩儿，给人家写信，写了好几封，终于回了一次，提醒我要好好学习天天向上。高中时，跟一个女笔友通信谈文学，后来谈情说爱。连面都没见过，居然谈到了爱，不过是一种望梅止渴的方式，但好歹也可慰藉一下孤寂的心灵。我们甚至约定了见面时间和地点。在临门一脚时，却射偏了，没有见成。其实彼此心里对见面都没底，冥冥之中并不希望变成现实。就这么拖着，直到各自都没了情绪。在此期间，我还给另外两个女孩儿写过情书，一个给我回了信，一个没回。回想起来有点后怕，幸亏我没正式谈成恋爱。一些早恋的同学，如今都被锁定在家乡那片土地上了，再没机会出来。而且，因为爱情建立的基础太过薄弱，他们的婚姻多不幸福。

　　对文学的期待，对爱情的憧憬，是中学时代的两大主题，但都没什么着落。当时刻骨铭心，如今却觉非常模糊，连带着自己的记忆也模糊起来，仿佛那是别人的事，跟我关系不大。

　　或问，这也没看出什么灰暗来呀。是的，灰暗是一种心境——那些年，我总处于挫败感之中。家境不如人，未来不如人。我知道外面有一个很精彩的世界，因为遥远，还会把它想象得更精彩。而我深陷泥淖，难以自拔，看不到希望，一切很渺茫。在以分数决定未来的环境中，我把大部分精力都用到写作上了，学习成绩不出色。那是真正靠分数改变命运的年代。自己的敲门砖不硬，每每在梦中惊醒。即使今天，我还常常梦到被拽回学校参加考试，而那些试题我都不会做。

如果重新活一次，我绝对不要那样的中学时代。我害怕。

王国华，笔名易水寒。一九七四年生人，河北人氏，中国作家协会会员。现供职于深圳报业集团宝安日报社。

贺宏亮：

# 狮子山下的闲读

　　我十六岁在四川省郫县第三中学初中毕业后，就没有继续读高中，而是进入了国家级重点中专之一的四川省邮电学校财会专业学习。虽然后来我通过十多年的继续学习，先后获得了四川师范大学的文学学士和北京师范大学的公共管理学硕士学位，但按照干部人事部门的正规要求，我的《履历表》上"全日制教育"栏目只能填上中等专业学校毕业。我初中时期的学习成绩并不算差，全校排名在前三，但因为眼睛近视得厉害，即使考上大学也不能选择好的专业，再加上父母都是邮电职工，于是就叫我报考了邮电学校，读出来后即使在县邮电局就业，也算是有个牢固的"铁饭碗"。一九九一年后的三四年中，当我的大多数同学都还在高中挑灯苦读的时候，我却已经在成都狮子山下临帖刻章喝茶看闲书了。有时候回想起来，当年没有经历残酷的高考和读全日制大学或许是一种遗憾。不过，没有去读高中对自己的身体是很有好处的。更重要的是，我有机会较早开始按照自己的兴趣广泛阅读，多年来一直对学习保持着兴趣。不像身边的一些虽然读了大学甚至研究生的朋友，学习的兴趣早已在高三的那些日日夜夜中消磨殆尽。这样来看我的选择，有失也有得，或许得还更多一点罢。

先说说我所学的财会专业知识。很惭愧，中专四年我花在会计专业方面的时间和精力估计不到十分之一。在邮电学校里，通信类理科专业的那些同学读得非常辛苦，而邮政和财会专业的学生就太轻松了。那几年我基本上是在每学期的最后半个月，抄笔记，背大纲，考试绝对没有问题。我庆幸自己所读的文科专业没有学业上的压力，可以有大把的时间自由支配任意挥霍。我当时想，学校里面学习的东西不过是谋生的手段，自己喜欢的书法才是值得长期付出的大工程。人生际遇很难说，但我毕业之后确实和财会专业工作无缘，说明最初的那个判断还是比较准确的。

我进入中专以前已经在成都市书协会员龙宁老师指导下学习过多年的书法，也在一些青少年书法比赛中获奖，还作为成都学生代表参加过第三十九、四十一两届"全日本学生书道展"。一九九一年夏天，我的目标是争取在中专毕业前书法作品能两次选上省级书法展览，加入四川省书法家协会。我随身常带了不少字帖，印象深刻的是其中有一册《书法丛刊》"米芾"专辑。我把这本书拆散了，把其中的一些散页随身携带，有时间就拿出来细细体味老米"八面出锋"的精妙笔法。一九九一年、一九九二年还没有什么电脑刻字之类的商铺，学校里迎接领导检查啊，"五四"文艺汇演啊等活动要挂出的标语横幅，就只能靠我拿着大号的毛笔"刷字"了。要写大字就得有地方，所以我进校不久就搞到了团委的一间办公室，两张办公桌拼到一起就是个大的画案，可以随时去写他个昏天黑地了。幸运的是，当时在邮电学校任党委秘书的任云老师也是一位青年书法家，我常常在晚自习后带着习作请他指教，从他那里借阅早些年的《中国书法》《书法》和《书法研究》；也常在周日骑着借来的单车，和任老师一起到美术馆看展览，到师友家切磋书艺。回头来看，九十年代初期还有着不少八十年代的理想主义色彩，大家都很真诚地谈论着艺术、文学，官方的书协还是很权威很神圣的机构，省书协会员的身份是我们努力的目标。在任云老师的指点之下，我进步很快，在一九九二年冬天，作品入选了"首届四川省书法新人新作展"。同时，我的几篇书法论文习作也在《书法导报》上发表。看来，我离自己的目标前进了一大步。

变化总是比计划快，事情的发展往往出人意料。一九九三年是我的幸运年。这年寒假我在家玩得实在无聊，翻出《书法报》上中国书法家协会的"征稿启事"，在一个月内试着写了三篇论文。一篇论王铎书法，投寄"王铎书法国际研讨会"；一篇论赵孟頫书法，投寄"赵孟頫书法国际研讨会"；还有一篇谈书法与传统，投寄"全国第四届书法学术研讨会"。大概在四月初，我突然收到中国书协研究部主任张荣庆先生发来的加急电报，说论文入选，叫我到河南洛阳参加王铎书法国际研讨会。我打着从同学那里借来的领带坐火车到洛阳参加了这次会议。洛阳之行收获很大，不但见到了许多以前只能在报纸上读到名字的书法名家，认识了很多高校和科研机构的教授学者，还有机会游览了洛阳龙门石窟、关林、千唐志斋和王城公园，真有点"一日看尽洛阳花"的得意之情。九月，我又收到中国书协的会议通知，论文入选了"全国第四届书法学术研讨会"并获得三等奖，全文收入重庆出版社出版的论文集。这个结果令人惊喜。十月，我依然打着借来的领带坐火车到重庆参加了研讨会，重庆之行让我结识了当时任教于中国美术学院的邱振中教授，他在会后给了我很多帮助，指导我阅读哲学、美学和艺术史方面的书籍。十一月，我第三次收到中国书协的通知，论文入选在浙江湖州举行的"赵孟頫书法国际研讨会"，并收入了由上海书店出版的论文集。我想，像我这种没有良好研究条件的野路子的书法研究者，一次入选国际研讨会是偶然，三次都入选，那肯定就是自己的实力了！呵呵。但是好像也不太对劲吧。我在短暂地被喜悦冲昏了头脑后很快清醒过来。自己能够几次入选这种大型研讨会既不是偶然，也不是自己有实力，而是当时整个书法学术研究刚刚起步，还没有形成成熟的现代学术评判机制，整体学术水平太低，才让我占了先机有这个出道的机会而已。令人愉快的是，我这三次入选由中国书协主办的研讨会并获奖一次，已经具备加入中国书协的条件了。办理会员申请和审批花去一些时间，我在一九九四年四月加入了四川省书法家协会；在一九九六年六月加入了中国书法家协会，成为当时全国最年轻的会员。

从一九九四年春天开始，我按照邱振中老师的指点练习思辨能力和加强哲学素养，阅读西方科学哲学方面的著作，读波普，也读拉卡托斯、库恩和夏佩尔。好在上海译文出版社当年已经出了"二十世纪西方哲学译丛"黑皮书，里面有不少科学哲学译著，几块钱一本买来，慢慢读，反复看，一本《客观知识》或《证明与反驳》就可以消磨我好几个月的时间。由阅读波普延伸到贡布里希的《艺术与错觉》和《艺术发展史》，并参考了邱振中老师的朋友和同学范景中先生的有关论述。特别是范先生对黑格尔"时代精神"之类理论的批判，当时我读来真是有醍醐灌顶之感。在一九九四年夏天，有一件特别值得一提的事情，邮电学校图书馆里处理过期的刊物，我以一角钱一本的超低价格买来了一九八八年以来所有的《读书》《文物》《新华文摘》，书法美术类的期刊也被我全部买下。能有这样的机会是因为我经常帮图书馆写"新书预告"，得到了比别人提前选书的机会。而我的同学们喜欢的杂志，也主要是小说、散文和影视。各取所需，如此而已。

接下来，我很快发现自己进入了一个美妙的新世界，那就是《读书》杂志。八十年代的《读书》真是一部百科全书，内容极为广泛，很多都是大家写的文章，篇幅小容量大。我在随后的几个月中，辗转于离邮电学校咫尺之遥的四川师范大学里的几家旧书店、九眼桥地摊和冻青树街"淘书斋"，收齐了《读书》自创刊号以来的所有刊物，并以一周三本的速度进行通读。那真是一段美好的"读书"时光，我了解到很多从未听闻的学术话题，记住了一个又一个新鲜的人名和书名。《读书》对我来说的意义远远超出了曾经认真读过的《书目答问》，它为我打开了许多扇新的学术之窗。在一九九四年圣诞前后，我写了一篇小文章《旧梦重温及其他》投寄《读书》，刊发于一九九五年二月号。一九九五年春天，我离开成都到乐山邮电局实习前，在冻青树街"淘书斋"老蒋那里买了不少民国商务版的"万有文库"和"四部丛刊初编"零本，当时就一两元一本。也买了一些上海书店影印的民国文学书籍。我读到了章衣萍的《古庙集》，断断续续写成了《小僧衣萍是也》一文投寄《读书》，刊发于一九九六年六月号。龚明德老师曾给我说，他当时正关心章衣萍的有关事迹，也读到了此文，但没想到作者就在成都。而我也在一九九九年前后读到龚老师《新文学散札》中有关章衣萍的数文。世界虽然很大，但爱书人并不太多。因为种种书缘与人缘，我和龚明德老师终于在二〇〇七年夏天"接上了头"，每周日早晨七点相约到草堂北大门外文物市场搜罗旧书。也因为龚老师的指示，我才在二〇〇九年的这个春天的夜晚，回忆那些中专读书的旧事和自己渐行渐远的青春岁月。撰有《读书敏求记》的钱遵王说过一句话，"墨汁因缘，艰于荣名利禄"。我想，在浮躁的时代里，能够忘掉荣名利禄，平平淡淡认认真真地读一些书，就很好了。

　　贺宏亮，男，一九七五年七月出生，汉族。四川师范大学文学学士，北京师范大学公共管理学硕士。现为四川省通信管理局办公室副主任。中国书法家协会会员、四川省书法家协会理事兼学术委员会副主任、成都市青年书法家协会副主席。

朱晓剑：

# 细小的幸福

　　在中学读书时，我不是特别聪明，有时甚至显得有些笨拙，比如数学、英语、化学、物理，一直搞不大懂。因而，在中学阶段我转了两三个学校。读初中时是在宋集中学，我家离镇上有十五里路，在我上小学时也没去过镇上几次。小学毕业，读书很自然选镇中学了，乡中学办得不怎么样，想读书的孩子大都不会选择去那里。学校在镇子的西边，校园呈长方形，左侧是教师宿舍，右侧是教室，但也不是划分得很严格，杂乱，没多少章法可言。学校挨着临艾河，河水是很不干净的，尽管如此，我们夏天还是喜欢在那里游泳。

　　这是镇上的最好的学校，但学校规模不怎么样不说，甚至连个像样的图书室都没有。幸好镇上有家卖书刊的，卖的也就是《青年科学》《辽宁青年》什么的杂志吧。但在镇上有一家新华书店，需要穿过临艾河才能抵达。其实，我很少去那儿买书，一是手头的零用钱有限；二是有一些书我可以从表哥那里陆续读到，在我刚读中学时，各种语文教材我差不多都翻过的；三是书店只能站在柜台外张望，不能进去挑书，总觉得太麻烦，更何况挑了半天你不买书，要遭遇服务员的白眼。那里的书也不是很多，多为小说什么的。不过，学校的生活是清苦的，早上朗读英语或语文，随后才开始上课。那时候住校的学生少，所以也没有自修课。学生大都是在学校周围的村庄租房，或干脆借住亲戚家里。我住在一个林场里，离学校有三四里路，上学基本上都是步行。大概读到初二的时候，表哥的旧自行车淘汰了，我就收拾了一下，这才改为骑车上学。那时的饭菜基本上都是自己做，菜大多是从家里带的，面粉、馒头也是。每周回家一次，这样的生活说不上多好，记忆深刻的是，因为怕老鼠咬破口袋，馒头、面粉就放在面缸里，但面缸的盖子总是被老鼠咬破，因此难免会发生一场人鼠大战：为了捉住老鼠，就把面缸留一点缝隙，等它们进去，围而歼之。

　　在那段日子里，好像乐趣也极少的，平时基本上是两点一线的上学放学回家。偶尔逛街，也只是逛逛而已，什么也不买。尽管那时的物价不是很高，但对我而言也是不小的开支。也许是因为太无聊的缘故吧，逛街的时候，竟对小偷有了观察的兴趣。有一个小偷，好像是一个同学的亲戚，我们时常跟随他，看他怎么下手，实在地说，他的手法并不高明，但我们还是跟着看，差不多跟了一个学期吧。

我的学习成绩一直不算最好，也就中等吧。等到了读初三的时候，因为想着读临泉最好的学校——县一中，就得好好准备，换到了县城旁边的田桥中学去读。因为我的一个远房亲戚在这里教体育课，据说这个学校的升学率很高，考上临泉一中的概率极大，这样就有可能距离大学更进一步了。想象总是美好的。读了一年，最后也没能考上。那段时间，我很沮丧，好像很多年的努力一下子远去了。

那个暑假，我都不知道怎么度过的，是复读，来年再考，还是放弃算了？突然之间，对人生我有了怀疑。诗人王国平在一首诗中写道：累啊　那些看不见的重/压下空气　雨水和大地/压下一个人蓬勃向上的内心/有些事情谁能举重若轻/谁能将梦中盛开的花朵一一清点/谁能面对平淡　朴实　简单/和细小的幸福/大声说出自己的爱。或许，这可用于形容我当时的心情了。

在我的印象中，临泉的教育资源很匮乏，县城里只有两所高中，乡镇上的高中也不过是两三所罢了，因为教师水平有限，教学质量都不是很好的。我不想复读，舅舅就托了熟人介绍我去长官中学读高中。于是，我就又得以继续读书。虽然阴影还在，但更多的机遇在等着我。

长官中学离我家三十多里路，路远，又懒得跑路，差不多半个月回家一次，我就住在学校里面。平时活动范围也就在学校里。高一时，班里有二三十个人，好像也没经过什么正规考试，只消拿着中考成绩单就可以报名了。才上了一两个学期，就有人陆续离开，等到了高二时，另外一所乡镇高中因为人员太少，办不下去了，余下的人就转学过来，这样人员一下子又多了起来，不过，这以后也有人陆续离开的。同学刘国名不知怎么回事，有一天突然倒地，就住进了医院，后来他还曾回来继续读书，但最终也没坚持下来，因为他的病时好时坏。但同学相处得都很愉快，假期中间同学到处乱串，吃喝玩乐，如果天气不错就住个两三天。这样的风气直到高中毕业才结束。记得有一次，几个同学骑自行车，跑了四五十公里聚会。当然，也发生过误会，有一次我跟同学去一位女同学家玩，住了一天，结果就闹出了要朋友的绯闻。

在高中时，不得不说的人物是班主任孟庆欣，他是跟班走的，教代数，说实话，对这门课，我怎么也学不好，他教过的学生中，在高考中有考满分的，我也在想是不是努力一下，至少不会高考时给班上总成绩拉后腿。也许我是在数学上太缺乏天赋了，所以学了一两年，进步都不大。

我曾在一篇文章中记下了这段快乐的时光：

孟老师喜欢下象棋，同学中亦有几个对象棋有兴趣，没有课的时候就在一起切磋棋艺。有时杀得天昏地暗，居然把吃饭的时间错过了，孟老师就让饭馆送来酒菜，吃完饭继续下，要是第二天是周末的话，就可以下许久，直到有一方被杀得无还手之力方才罢休。我那时于象棋是门外汉，只能在旁边观看，连上场厮杀一盘的可能都没有，即便让我两个棋子也是要输的，还是坐在旁边观战比较痛快，不过，就无法体味出厮杀的快感罢了。

但从本质上说，孟庆欣是一个具有人文气息的人。在高一下学期，他就捣鼓着弄一个文学社，我来做社长。这之前，长官中学曾办了个冰花文学社，还出过《中学生风采报》，弄得很有气势。新文学社还是叫冰花文学社。刚开始，几个同学兴致很高，虽然人员少，但都想通过这个，做点事情。我还跑到镇政府去争取资金支持，但一分钱也没要到。但刊物还是要出的，就买来纸张，然后刻蜡纸，油印。这样的活路男生是不大乐意做的，还好，有几个女同学帮忙，第一期的报纸还是印出来了，有两三百份吧。

上世纪九十年代，校园文学很红火，很多学校都办有文学社，出版刊物，因为是文学社社长的缘故，时常见到一些诸如《校园文学报》《朱家角》等等刊物。诗报更多，但现在这些刊物都不容易见到了。我们办的《中学生风采报》虽然只有四开四版，有小说有散文有诗歌，办得也是像模像样的，每月出一期，遇上寒暑假就出一期合刊，我们还做出了不少花样：如果作者的稿子多，质量又好，就出一期增刊，更多的是给会员做专版。而这些事差不多都是我一个人在做，出刊前开一次会就成了。学校对这事不是十分支持，只是每月按时报销纸张的费用而已，虽然这是油印的报纸，也居然有人乐意订阅。这都是当时很开心的事情。

见过的刊物多了，也就跟校园文化圈熟悉了起来。像席云舒、杨广虎、宋冬游、杨方毅、安然等一大批人都是在校园里崭露头角的好手。大家时常通信，分享写作的经验，都是很难得的事，更多的时候，只能想象各自的生活。不过，这都是因为文学社的缘故，至于上课、读书也似乎更有劲头了。因为大家都在期盼通过写作让生活有些许改善。

高中阶段相比初中阶段，更快乐一些，也许这是因为岁月的变迁也更晓得了自己的人生方向，尽管这时看上去依然有些模糊，很难辨认出自己的未来该走向哪里。这正如英国随笔名家赫兹利特在《谈绘画的乐趣》一文结尾时写的："那天下午我出去散步，回家时看见金星悬在一户穷苦人家的屋顶上，那一刻我的心里产生了许多别样的思想和情感，那种感觉以后再也没有出现过。"

对有着三十多年人生阅历的人来说，特别是像我这样多少有些自卑的人，回忆是最大的幸福，且不管那是美好的，还是糟糕的。重要的是这样的回忆让我们不断重返当年的现场，"唯有旧日子带给我们幸福"。坦率地说，读到阿伦特在《人的条件》一书中曾对现代条件下人类生活的一般状态下过一个定义：没有思辨能力、"没头没脑的鲁莽、无可救药的迷茫，或是自鸣得意地背诵已变得琐碎空洞的真理——在我看来是我们时代的显著特征之一。"也许正因为这样，看着现在匆匆忙忙的中学生们，就倍加怀念那段旧时光，尽管那是细小的幸福。

朱晓剑，随笔作家，系四川小小说学会会员，《芙蓉锦江》编委。主编大型读书电子杂志《天涯读书周刊》。

李文倩：

# 我的中学生活

## 觉醒的风暴

一个三十啷当岁的年轻人，一头浓密的黑发，阔脸，大眼，一只手用劲地插在裤兜里，在窄小的水泥讲台上晃动。踱步一圈之后，他捏起一支粉笔，转身在黑板上写下几个龙飞凤舞的大字：为中华崛起而读书。写完之后，他大声说，周总理从小立志，为中华崛起而读书；我要问你们的是，你们为什么而读书？他环视一周，见无学生主动作答，便指着前排的一个同学说，你？一个矮小的同学站了起来，他有一颗巨大的脑袋，故有时被同学戏称为"大头"。他羞涩地说：为自己。为自己？老师睁大了眼睛，继而咧嘴笑起来：读书为自己，长得白白胖胖的……

不用猜都知道，那个读书为自己的家伙，正是我；而那位颇具豪侠风格的年轻人，则是我初中时的语文老师，他姓金。正是刚上初一的时候，一九九八年，世界在我的眼中，就是那个名为上花岔的小山村；尽管已经知道在我生活的天地之外，另有一个广阔的世界，但我仍然相信，世上所有的富人和穷人，他们都一样在艰辛地劳作：过了年就是春天，大风起兮云飞扬，大家都下地种田，吆喝牲口的声音在风中传出老远；三四月里望天盼雨，五黄六月便发了疯，收豆子拔麦子干劲十足；快到秋天时，天高云淡，收获一年沉甸的疲倦或喜悦；冬天里必定要下大雪，有时大雪封山几十天，一出门鼻头立刻被冻红……现在回想起来，那时的"我"根本还不成其为"我"，世界与"我"是亲密无间的；所谓的"自己"，也不过是一种语言的模仿，根本还没有明晰的自我意识。然而，初二的时候，"觉醒"的时刻还是悄悄来临了。最为明显的标志，是性意识的觉醒，那无疑是一场剧烈的风暴。有关这一成长过程中的重要事件，我曾写下过这样一段文字：

我始终记得那个阳光温暖的金秋午后，校园里白杨的叶子闪闪发亮，洒落一地阴影。

正值开学的日子，高年级调皮的男生围在你的周围，嘻嘻哈哈地故意说一些调皮的话，挤挤嚷嚷地相互推搡着。我是他们中间的一员，人群之后默默观望着你：一身粉红色的上衣，粗黑的发辫垂至腰际；你满脸通红一言不发，呆呆地看着那一帮坏小子；之后，你嘤嘤地哭起来了，辫梢在你小小的背上微微摆动。

故乡的夜晚，寂静辽远，我在小屋的台灯下，痴痴地想你。想你委屈的哭声，粗黑的长辫和羞红的脸颊，那么美。躺在温暖的炕上，偷偷设计与你说话的场景、声音和气息，心中腾起一层薄薄的凄凉，小小的心脏怦怦直跳。母亲一觉醒来，轻轻问：怎么啦，还不睡？我答：想题呢。

山里的孩子，纵有万般情思，也羞与他人说；潮水袭来，复又退去，无声无息。而"风暴"的另一副产品是，我从此偷偷摸摸地开始写日记，虽时有中断，但至今已有十余册。

## 身份的反抗

二○○一年，当我和父亲抬着巨大的麻包，带着北山人特有的笨拙和无知，土里土气地走进榆中县第一中学高大的校门时，那种混合着憧憬、羞涩、恐惧与骄傲的复杂的感觉紧紧地攫住了我。我朦朦胧胧地感到，一条崭新的生活道路，正逐渐在我面前徐徐展开；一个承载着真理与美好的世界，必将为我所开启。我雄心勃勃。然而从山野里来的孩子，并不天然地适应新的环境与生活。开学一个月了，我还在为睡眠不足而头疼。上初中的时候，山里的学校，下午五点钟放学，只有住校的学生上晚自习。作业并不多，晚饭之后，很快就能做完。爸爸经常要到学校去，妈妈喜欢串门，哥哥已在湖南读书，我只有一个人自己玩。有时提根木棍，庄前屋后上蹿下跳，自命大侠；有时读书，不求甚解，摇头晃脑；有时作文，偷偷点一支香烟，学作家的模样；有时抓支毛笔，到处胡写乱画，弄得到处都是墨汁，名曰：练书法。晚上不到九点，通常就入睡了；如果是夏天，天一黑就睡。上高中之后，晚自习要上到十点；熄灯之后，宿舍里的学生还要吵吵闹闹一番，严重干扰睡眠。因此上高中时的前两个月，是我最难挨的一段时光，有时我甚至连书都不想读，心想干脆回家算了。

个人生活的不适之外，更有一种身份的焦虑；而这，则以一种更为集中的形式爆发了——

烛火闪烁，有人在各个宿舍之间来回奔走，伴随着巨大的争吵声和议论声。有人说："××开学一周后才来，老师不批评他，反而对我迟到一次不依不饶"；有人说："更气人的是，他说起那些县城的学生，即使成绩一塌糊涂，也总是和颜悦色；其他同学他稍微看不顺眼，就要大骂一通，完全是歧视我们农村来的"；有人接着说："不就是××的家长给他送了礼嘛"……中学生们一个个慷慨激昂，提出要集体写一封信给班主任老师，表达大家的不满。而到了要写信的时候，大家都推说自己写不好，还是让高人来。推三阻四了一番，一位姓周的同学拿起笔写了起来，他是班上的活跃分子，喜欢写诗和散文。一位姓雷的同学也加入其中，在昏黄的灯光下与周同学一起推敲字句。信写完了，所有住校的男生都激动地签了名，但有一个人例外。他姓陈，也来自乡下，一头微黄干燥的头发，一脸土气的笑，经常穿一条肥大的裤子，走在路上，裤子迎风哗啦啦，像旗。他说：我不参加。这实在是让人扫兴的事，于是一致决定：班上所有的男生，以后都不许和这个姓陈的家伙说话。在此事件之中，我扮演的是一名"群众"角色，跟着大家激动，跟着大家愤怒，然后和大家一道签下了自己的名字。

那是高一下学期开学不久后发生的事，具体的起因是，一位开学一周后才来的同学，家在县城，因为他的家长给班主任送了礼，把他的座位调到前排去了。班主任平时就对来自农村的学生不怎么待见，遂引发了一场"公车上书"式的运动。班主任收到信后，选择了一种最令人不解的态度：沉默。大家一时都感到不知所措。但事情远没有结束，期中考试时，一位同学在考试作文中重提此事，首先在语文教研组的老师间引发"轰动"，继而其他教研组的老师也知道了此事。班主任大发雷霆，责令周同学"公平"地安排座位，他什么都不管了。有班主任愤怒的余威在，周同学在惶恐之余，"当仁不让"地实施"新政"，重新调整了全班同学的座位，竟一时风平浪静。

## 暴力与灰暗

在一篇题为《迷狂的拳头》的短小说中，我曾写下这样一段文字：

小魏弯着腰，谁都不理，一转身脱掉了他黑色的夹克衫，"嗖"的一声飞到上铺的被子上。那黑色的飞鸟扑哧一落地，再也没有声响了。小魏攥住了那长长的毛发，那个圆碌碌的东西便向后仰去，撞在床栏杆上发出不够明晰的闷响，小张搁在床上的水杯摇了几下。那长毛下的圆东西终于发出了低低的声音，像夏日里慵懒的猫叫，哥，哥，我做什么了。哎呀，哥，哥，我错了。小魏不理他，脸上有了微笑，锃亮的尖头皮鞋蹦起来，踢中了长头发的下体部分。长头发缩成一团。窗子下面有学校食堂师傅摆弄锅碗瓢盆的声音，比平时更加响亮。小张立在铁皮箱子边，喝水的罐头瓶子漏出水来，滴在水泥地板上，像春天的花朵慢慢绽开。微笑僵在脸上，成了一个伪装，小魏的身体继续摇晃。高低床架子一次次发出咆哮，像是要打破这寂静的黄昏。长长的尖头皮鞋，和着呼哧呼哧呼吸的节拍，在很久没有拖了的水泥地面上舞蹈，持续地做不规则曲线运动。

有关校园暴力的这一节描述，运用了文学笔法，却是我所亲见的。上高中期间，我尽管没有参与过打架斗殴事件，但对此类"残酷青春"事件，感到一种深深的恐惧。这些看了几部港片的小混混，拼起命来有一种罕见的疯狂，存放在宿舍的刀具有一尺多长，明晃晃得耀眼。越是低年级的学生，越是热衷于"当大哥"；而到高二高三时，打架事件的频率也就慢慢降低了。

校园暴力之外，笼罩在中学校园中的那种灰暗的气氛，现在想来仍让人憋闷。在我三年的高中生活中，除了压抑，几乎没有任何值得追忆的趣事。周末时，有时和同学到县城边上去。若干年前，那里曾是一条清澈的小河，但当我们到时，水早就干了，只有满沟青黑的石头。周围是农田。那时，面对着空空的河谷，和同学谈到未来，总感邈远难测，不免感叹一番。几年以来，我对中学都有一种类似仇恨的情绪，我甚至根本不想提到它。大学毕业时，与周围多数同学的选择不同，我坚决不去中学当老师，最终选择了读研。我始终记得那种近乎自虐式的学习方式，没有任何乐趣可言。那时午饭之后，班上的同学都不愿在宿舍睡觉，怕耽误了学习时间。但长时间的课堂学习，又让很多同学疲惫不堪，于是正午时分的教室，常常出现这样的景观：疲倦的学生们终于支撑不住了，趴在课桌上呼呼入睡；阳光破窗而入，照在他们东倒西歪的身体上；课桌上，高高的一摞书刊，有些凌乱，是各式各样的参考资料。

一次偶然的机会，和一位高校在职硕士谈起中学教育，我问他现在应试教育是否有所改变。他的女儿刚参加完高考，他说：没有，愈演愈烈。

李文倩，男，一九八五年生，甘肃榆中人。二〇〇四年考入四川师范大学物理与电子工程学院通信工程专业，后转入该校文学院汉语言文学专业。现为四川师范大学文学院美学专业研究生。

# 后　记

中学时代是人生进入了一个对社会、生活、爱情、人生的懵懂时期，是一个由少年到青年的蜕变过程，是人生最纯真，也是最值得回忆的一段美好时光。

二〇〇八年，当《初中生》杂志约我写一篇回忆初中生活的文章时，一下子激发了我的灵感。我想，如果约请不同年龄段的作家、学者每人撰写一篇回忆中学生活的文章，编成一书，便可了解各时期的中学生活，一定是一件有趣且有意义的事。

"我的中学时代"这一选题，得到了某教育出版社的认可，也进一步坚定了我编选一本《我的中学时代》的想法。我便开始了约稿工作，约稿信发出后，很快得到了许多作家、学者的积极响应，《文汇报》社的刘绪源先生最先发来了稿子。之后，李济生、来新夏、文洁若、丰一吟、陈学勇等先生都寄来了回忆文章。当时已九十二岁高龄的李济生先生在文章中称这是他"为文中'命题作文'之首例,实以情谊难却耳"。

还有几位先生的作品是从书上选录的。我在《黄裳文集》中见有《南开记忆》一文,便给黄裳先生写信告知选用他的这篇作品。姜德明先生在电话里告诉我他的《相思一片》书中有《燕子来了》一文可以选用。周海婴先生曾签名寄赠其著作《鲁迅与我七十年》,在《我的学习经历》中有一段关于中学生活的文字,想摘出来编入《我的中学时代》一书。我给海婴先生写信说明编选《我的中学时代》一事,若同意编选就把该段文章打印后给他发去审阅,并为文章拟个题目。海婴先生用电子邮件回复同意编选,我将海婴先生文章打印后寄去。海婴先生来电话,告知寄来了经他审定后的稿子。我却一直没有收到,只得再次寄去海婴先生的文稿,他修改后的文稿我仍未收到。后来,海婴先生来电话让我全权删改。

《我的中学时代》一书的入选作者涵盖半个多世纪的各个年代,目录按作者出生年代顺序编排。在本书的编辑过程中,得到了南京大学徐雁教授和《天津日报》社资深编辑罗文华的鼎力支持。徐雁兄就如何约稿、编选以及内文编排出谋划策;文华兄积极代为约稿,并在《天津日报》选发了几位老先生的文章,为该书的出版做热身宣传。著名史学家、八十七岁的南开大学教授来新夏先生不仅撰稿支持，还为本书作序。《海南日报》《开卷》《悦读时代》等报刊也先后刊发了来新夏教授所作序言。各位师友的热情支持，令我感佩至深，唯有精心编排，以精美完善之书回报大家。

然而，把书稿发给出版社几个月后，却突然接到出版社编辑的电话，让我把作者年龄控制在七十岁以上，编辑说："现在我来说这些，是否太迟？"为了组稿我忙了半年时间，书稿都已经编成了，又提出如此要求，我是无法接受的。更重要的是，不同年龄段作者的文章可使读者了解各时期的中学教育状况，并可以清晰地反映出我国中学教育的发展脉络。这些稿子的作者有文坛名宿亦有青年才俊，即使年轻作者也都是各地知名作家、学者，文章都是精挑细选的，不同年龄段的读者看到自己年龄段的文章会引发共鸣。我编过报纸，办过杂志，也编过书籍，从来都是按作品的质量选稿，而从未考虑过作者的年龄。况且我们又不是编选《老年文选》，为什么要以作者年龄作为入选标准呢？因而，我坚决地拒绝了编辑的要求，并索回了书稿。书稿一放就是三年，我感觉愧对支持我的各位师友。

壬辰夏，时来运转，拙著《秋缘斋读书记》的责任编辑、天地出版社的吴晓春女士慧眼识珠，看中了此书，并得到了社领导的认可。在本书编辑过程中，周海婴、黄裳等老先生的先后离世，令我们在唏嘘感慨之余更增添了本书问世的紧迫感和使命感。这部历经坎坷的书稿终于要付梓了，我也总算对支持我的师友们有所交代了。

感谢支持我的师友！感谢天地出版社领导和吴晓春女士！

本书的出版如果使教育工作者有所思考，对广大读者有所启迪的话，正是编者所期望的。

阿　滢

二〇一二年十二月于秋缘斋